W0297829

Tamara, le making-of

Alexandre Castagnetti

est le réalisateur du film *Tamara*. On lui doit déjà *Amours & Turbulences* et *Le grimoire d'Arkandias*.

Comment avez-vous géré votre adaptation de *Tamara* ?

A.C. J'avais envie de faire une comédie romantique sur l'adolescence en utilisant les personnages de Zidrou et Darasse plutôt que de transposer leur BD sur grand écran. Je me suis donc éloigné des albums, utilisant les profils psychologiques de Tamara et des autres, mais sans forcément reprendre leur apparence physique. Donnant à mon scénario un côté très réaliste, je me suis naturellement éloigné de l'univers très ligne claire de la BD. Mais que les fans se rassurent : le film raconte bel et bien les aventures de Tamara !

Sur quels albums se base votre scénario ?

A.C. Comme il n'y a rien de plus beau à raconter au cinéma qu'une histoire d'amour, je me suis appuyé sur les tomes 7 et 8 de *Tamara*, racontant sa rencontre avec Diego lorsqu'il arrive au lycée. Mais je me suis tout de même permis de piocher des gags dans les autres albums, que j'ai mélangés avec des idées à moi et même de nouveaux personnages, comme la voisine déjantée. L'important pour moi était que le film ait son identité propre, mais tout en gardant l'esprit et l'intention de base du scénario de Zidrou.

Zidrou, dans *Tamara*, parle d'amour, de sexe, de grossesse adolescente sans tabous.

A.C. Il a prouvé que ces questions délicates pouvaient être abordées sans vulgarité et avec drôlerie dans une BD tous publics, qui ne prend pas pour autant les ados pour des gamins. Je rapproche *Tamara* d'un film comme *Juno*, à la fois grave, complexe et amusant. C'est ce ton qui leur est commun que j'ai essayé de retrouver dans mon film. Nous avons d'ailleurs demandé à Darasse et Zidrou de valider le scénario.

On imagine que le casting pour trouver vos personnages n'a pas été simple…

A.C. La référence du film *Tamara*, ce sont des productions comme *La boum* ou *Lol*. Mais en même temps je voulais des acteurs capables d'avoir cette vérité de jeu, cette spontanéité que l'on trouve plus dans des chroniques sociales comme *Bande de filles*. Le casting a donc été long, surtout pour Tamara. Lorsque j'ai rencontré Héloïse Martin, si pleine de justesse dans le jeu, j'ai su que je pourrais me reposer sur elle.

Diego est incarné par Rayane Bensetti, un acteur plein d'énergie. Un peu trop pour Diego ?

A.C. Le Diego du film est un Diego tonique, oui ! Mais je ne me suis pas tant éloigné de la BD, car après tout, Diego, malgré son côté lymphatique, est très sportif ! Seuls petits changements : j'ai demandé à Rayane d'incarner un Diego complexé par ses notes mais aussi plus mature que celui de la BD, car obligé de s'occuper de ses petits frères en l'absence de leurs parents. C'est cette maturité qui va les rapprocher, Tamara et lui. C'est comme ça, l'amour. Même si on ne se ressemble pas physiquement, on est parfois sur la même longueur d'onde !

Tamara et Diego tels qu'ils seraient si Christian Darasse était un dessinateur réaliste…

Héloïse Martin

incarne Tamara. Un rôle pour lequel elle s'est obligée à une sacrée transformation physique.

Comment es-tu devenue Tamara ?
H.M. On m'a envoyé le scénario en avril 2015, me proposant d'aller au casting. Je ne connaissais pas *Tamara*. Alors j'ai lu les albums et j'ai eu un vrai coup de cœur. On m'a fait passer les versions du scénario au fur et à mesure qu'Alexandre Castagnetti le faisait évoluer. Et plus il le réécrivait, plus ça me plaisait ! J'avais envie d'être cette fille pas commune, qui ne cumule pas les stéréotypes de l'adolescente mignonne et censée être bien dans sa peau.

Qu'ont pensé les fans de Tamara en apprenant que tu incarnerais leur héroïne ?
H.M. J'ai vu des commentaires, sur la page Facebook et le blog de Tamara, où certains disaient que je n'étais pas assez grosse pour le rôle. Mais j'ai pris 12 kilos afin de ressembler le plus possible à Tamara ! Moi qui suis blonde, je me suis même teint les cheveux ! Afin de bien gérer ma transformation physique, je suis allée voir une diététicienne. Elle m'a confirmé que pour grossir, il n'y avait qu'une solution : manger plus ! Je suis donc partie en vacances au Portugal, où j'ai passé un mois à manger. Mon régime, c'était viande, fromage, gâteaux et sandwiches dès le matin, entrecoupés de glaces, de goûters à base de pâtes, bref : n'importe quoi !

Quels points communs as-tu avec Tamara ?
H.M. Je ne suis pas Tamara. L'incarner a demandé un vrai travail d'acteur. Mais je me sens tout de même beaucoup de points communs avec elle. J'aime la vie. J'ai une forte complicité avec ma maman. Mais surtout, j'ai du répondant et je ne me laisse pas faire ! Ce que j'aime aussi beaucoup en elle, c'est qu'elle m'a permis de véhiculer un message fort : il faut s'accepter tel que l'on est, ne pas avoir peur de son physique. L'apparence compte comme jamais de nos jours, en particulier à travers les réseaux sociaux. J'espère que le film *Tamara* fera réfléchir les ados ! Car oui, Tamara est grosse, mais elle est rigolote, elle a des amis et elle sort avec le beau gosse du lycée !

Tamara t'a permis de rencontrer des acteurs connus…
H.M. Par exemple Bruno Salomone et Sylvie Testud. Ils nous donnaient des conseils le matin, dans les loges, quand on était en train de se préparer. Lorsque nous répétions les dialogues, ils nous corrigeaient parfois. Sylvie, lors de notre première scène, m'a ainsi demandé de ne pas la regarder. Bruno m'a, lui, conseillé sur mon placement, mes attitudes. L'ambiance sur le tournage, qui a duré 8 semaines, était super. Les seuls moments difficiles, ça a été de pleurer sur commande, alors que nous passions notre temps à rire. Le rôle de Tamara s'est aussi révélé très physique ! Car, lors d'une scène, il nous a même fallu enchaîner une dizaine de saltos arrière, sur fond vert, comme dans *Gravity* !

Rayane Bensetti

a tourné dans les séries *Pep's* et *Clem*. Il a aussi remporté *Danse avec les stars 5*. Il est maintenant Diego au cinéma.

Pourquoi avoir accepté d'incarner Diego?

R.B. Ce qui m'a plu, dans la BD, c'est la relation super touchante entre Tamara et Diego, mais aussi le message qu'elle porte, à savoir que chacun peut trouver chaussure à son pied. C'est la première fois que je tourne une histoire d'amour. En plus, c'est mon premier film. Alors il y a une petite pression...

Incarner un sex-symbol de papier, c'est compliqué?

R.B. Un peu, oui. D'autant que physiquement, je ne colle pas spécialement à Diego, ce qui risque de désarçonner ses admiratrices. On a quand même essayé de faire de moi un pur Chilien. On m'a foncé les cheveux, on m'a fait des UV pour me bronzer un peu. Certains diront que je suis un peu trop bourré d'énergie pour incarner Diego… Mais ça m'amuse de changer de rythme, d'être moins punchy. J'ai toutefois demandé à Alexandre Castagnetti de me laisser le durcir, par exemple lors d'une dispute avec Tamara. Je trouvais les dialogues trop exempts d'insultes. J'ai essayé d'imaginer une engueulade avec ma chérie à moi pour jouer cette scène!

Tu répétais seul ou en compagnie des autres acteurs?

R.B. Nous nous retrouvions avec les autres comédiens tous les soirs dans ma chambre d'hôtel. Ça a souvent été super drôle, par exemple quand nous avons répété une scène où Diego et Tamara devaient danser dans la neige. Quand on a répété le «cambré», une figure où celui qui mène fait basculer en arrière son partenaire, Héloïse m'a emporté et nous sommes tombés! On a trouvé ça si drôle qu'on en a joué dans les scènes du film. Mais je ne me suis pas moqué d'Héloïse. Comme elle a pris 12 kilos pour le film, rien que le courant d'air d'une de ses claques me mettrait par terre!

Embrasser quelqu'un qui n'est pas ta chérie, c'est compliqué ?

R.B. Héloïse et moi sommes vite devenus complices, et c'était donc un plus pour gérer une histoire d'amour à l'écran.
Quand nous nous embrassions, nous n'avions pas l'impression de vivre quelque chose de particulier. On le faisait, la scène se terminait et chacun rallumait son téléphone et repartait dans son monde.
Désolé si ça déçoit les fans avides de romantisme, mais quand nous nous embrassions, c'était comme embrasser une vitre ou un tronc d'arbre !

Jimmy Labeeu

est la star belge de YouTube, avec des vidéos visionnées plusieurs millions de fois. Il incarne Wagner dans le film *Tamara*.

Jouer le sale type de *Tamara*, ça doit quand même être difficile à porter…

J.L. Je suis le con de la bande, c'est clair. Ça tombe bien : ça n'est pas loin de ma vraie vie ! (rires) Comme je connaissais la BD avant de faire le film, je sais que Wagner n'est pas aimé… Mais je me sens prêt à assumer la haine des gens ! Ce qui m'a intéressé dans ce personnage c'est que Wagner, en vrai, est attachant. Il est triste, jaloux et fourbe. Mais il est aussi complexé et cache beaucoup de choses au fond de lui.

Jouer Wagner, c'est compliqué pour un acteur ?

J.L. Pour incarner Wagner, je me suis inventé des tics, des clins d'œil nerveux, un peu moi dans la vraie vie, quoi ! J'ai essayé d'habiter Wagner avec du mouvement, car la gestuelle peut faire naître le rire aussi bien qu'une bonne vanne !

Ton meilleur souvenir du tournage ?

J.L. Il y en a plein ! Par exemple, tourner à nouveau avec Sylvie Testud, rencontrée sur mon film précédent, *Le correspondant*. Ou alors, les répétitions dans la chambre d'hôtel de Rayane. J'aurais pu rentrer chez moi, vu que j'habite près de Charleroi. Mais je préférais rester en immersion dans le rôle. Ah, sinon, ce que j'ai beaucoup aimé, dans le film *Tamara*, c'est qu'on m'a fait porter de beaux vêtements.

Gaëlle Cholet

est la productrice du film *Tamara*. Mais c'est aussi grâce à sa fille que le film est né... Explications.

Comment vous est venue l'idée de transposer *Tamara* en film?

G.C. Ma fille de 15 ans, abonnée depuis toujours à *Spirou*, m'a parlé de Tamara, une de ses séries préférées. J'ai lu. J'ai adoré. Et j'ai décidé d'en faire un film !

Ça paraît simple, expliqué comme ça...

G.C. En réalité, ça l'est bien sûr beaucoup moins. Je me suis d'abord demandé à quel réalisateur je souhaitais confier l'histoire de Darasse et Zidrou. Au départ, je voulais une réalisatrice, car il me semblait logique de demander à une femme de se pencher sur les rapports de Tamara et de sa mère. Et puis j'ai pensé à Alexandre Castagnetti, que j'avais déjà croisé à plusieurs reprises. Alexandre est un homme ayant encore un pied dans l'adolescence. Il adore parler aux jeunes. Il a lu *Tamara* à son tour et s'y est reconnu pour de nombreuses raisons, par exemple parce sa mère était prof et son père chanteur lyrique! Mais la série lui a aussi beaucoup plu parce que sa fille ressemble comme deux gouttes d'eau à Yoli! C'est d'ailleurs elle qui l'incarne dans le film. J'avais envie, pour la petite bande de Tamara, de jeunes qui sonnent juste. J'ai donc demandé à nos directeurs de casting de réaliser un «casting sauvage» aux heures de sortie d'école ou dans les grands magasins!

Alain-Pascal Housiaux

est, avec Patrick Dechesne, le chef décorateur du film *Tamara*. C'est donc lui qui a choisi les lieux de tournage, ainsi que… les brosses à cheveux !

Comment avez-vous choisi les lieux de tournage du film ?

A.P.H. Alexandre Castagnetti voulait tourner entièrement sur lieux réels, afin de donner aux spectateurs des ambiances proches de leur quotidien. Patrick Dechesne et moi avons donc quadrillé Bruxelles à la recherche des bons endroits. Nous avons longtemps cherché l'appartement huppé du père de Tamara. Quand nous l'avons trouvé, il a juste fallu changer le mobilier. Nous avons, par contre, totalement vidé l'appartement choisi pour être celui de sa mère. Comme la cuisine était trop petite pour les scènes qu'il fallait y tourner, nous en avons construit une autre ! Heureusement que nous prenons en photos les lieux avant de les modifier. Ça nous permet de tout remettre en place ensuite, au bibelot près !

Comment avez-vous inventé la chambre de Tamara ?

A.P.H. Comme pour tous les décors, nous avons beaucoup discuté avec le réalisateur. Nous avons d'abord proposé une chambre trop enfantine, puis trop adulte. Difficile de trouver la bonne mesure, car Tamara est justement entre deux âges… Nous avons opté finalement pour un mix, avec une ambiance rose, mais des affiches de groupes de musique plus adulte sur les murs. Comme pour toutes les autres pièces, nous avons ensuite pensé au moindre objet. Pour la brosse à cheveux de Tamara, nous avons par exemple proposé plusieurs brosses à Alexandre Castagnetti, afin qu'il puisse trouver celle de « sa » Tamara !

Zidrou est le scénariste de la BD *Tamara*. Pour lui, tout fut… un enchantement !

Avez-vous contrôlé de très près ce qu'Alexandre Castagnetti faisait de votre Tamara ?

Z. Je ne suis ni rédacteur en chef ni éditeur, mais auteur. Donc pas question pour moi de contrôler le travail de qui que ce soit. Quand Nadal va voir un match de foot, il ne donne pas de conseils ! Je me suis toutefois assuré que l'on ferait un travail de qualité autour de Tamara. Quand j'ai discuté du projet avec Alexandre Castagnetti, ça a dépassé toutes mes espérances. Cet homme est un enchantement. C'est aussi le cas de Gaëlle Cholet, la productrice, et des acteurs du film, tous rencontrés lors d'une visite sur le tournage. Héloïse, qui joue Tamara, et Oulaya, qui joue Jelilah, sont devenues comme mes filles. J'aurais bien « adopté » aussi Yoli, mais comme il s'agit de la vraie fille d'Alexandre Castagnetti, je la lui ai laissée.

Qu'avez-vous ressenti en assistant au tournage ?

Z. Comme d'autres de mes séries ont déjà été adaptées, j'ai un peu l'expérience des plateaux. Mais là, j'ai ressenti des vibrations particulièrement bonnes. Je me suis promené un peu partout, rencontrant les acteurs et les techniciens. Habitant en Espagne, dans une maison sans télé, je ne connaissais pas Rayane Bensetti. Je lui ai donc demandé de me faire un résumé de sa vie. Comme une copine m'avait prêté, peu de temps avant, des DVD de *Fais pas ci, fais pas ça*, je n'ai pas eu l'air trop bête en croisant Bruno Salomone. Je vois une grande cohérence entre cette série et le film *Tamara*. Car les deux parlent de la vie moderne et des sentiments qui la remplissent.

Le scénario d'Alexandre Castagnetti pourrait-il influencer Tamara version BD ?

Z. Qui sait ? Car son scénario est le fruit d'une longue immersion dans la série, ce qui le rend très cohérent. Mais ce sera à Christian Darasse et à Louise, qui vont dorénavant s'occuper du destin de Tamara, d'en décider !

Zidrou, Darasse et Louise entourant leur Tamara.

Christian Darasse

est le dessinateur de *Tamara*. Grâce au film, il a pu faire un selfie avec son héroïne !

Alors, heureux ?
C.D. Oui ! Car quand on m'a parlé du projet de film *Tamara*, je voulais être incrédule, pour ne pas être déçu au cas où le projet capoterait. Alors, quand j'ai vu pour la première fois les acteurs, mon émotion a été indescriptible ! Faire un selfie avec Tamara en chair et en os était juste une sensation incroyable ! Quand Zidrou a vu cette photo, il a d'ailleurs été très jaloux.

Quelle a été votre réaction en lisant le scénario d'Alexandre Castagnetti ?
C.D. Je l'ai trouvé très juste et bien pensé. Mon seul bémol, c'est que Tamara, au début du film, n'était pas assez présentée comme une victime. Elle me semblait trop sûre d'elle ! Alexandre a tenu compte de ma remarque et retouché un peu son personnage. Lorsque le tournage a démarré, je m'y suis beaucoup promené. C'était marrant de voir le foutoir incroyable autour des acteurs qui sont en train de tourner, alors qu'à l'écran on ne peut rien en deviner. J'ai pris beaucoup de photos. J'ai aussi un peu crobardé et fait des dessins pour tout le monde. Par exemple, pour Héloïse à la fin du tournage, où j'ai représenté Tamara en train de pleurer !

Certaines personnes croisées sur le tournage vont apparaître dans la BD *Tamara*…
C.D. À la fin de *Tamara* tome 15, le lecteur assistera au tournage d'une pub dont le réalisateur sera Alexandre Castagnetti. Mais il y aura aussi des personnes dont le travail discret m'a marqué. Par exemple, la costumière. Tamara, pendant l'une des scènes du film, sera déguisée en Amy Winehouse, avec des collants à trous. Entre chaque prise, la costumière devait remailler le collant en regardant les rushes déjà tournés, pour que les trous soient au même endroit. C'est aussi de ce genre de petits détails que naît la magie du cinéma !

Le premier selfie de Christian avec son héroïne en chair et en os.

L'éditeur tient à remercier Arnaud Borrel, Gazelle & Cie, Eléphant Story, UGC, TF1 Droits Audiovisuels et Nexus Factory.

Les photos sont : © Arnaud Borrel et © Gazelle & Cie - Eléphant Story
TF1 droits audiovisuels - UGC images - Nexus Factor
Texte : Damien Perez. Mise en pages : Dominique Paqu

DARASSE - ZIDROU

HORS SÉRIE

TAMARA

La revanche d'une ronde !

COULEURS : BENOÎT BEKAERT
CRAYONNÉS DES TOMES 6 ET 7 : BOSSE
MERCI À LOUISE, SANS QUI CET ALBUM
NE SERAIT PAS CE QU'IL EST.

DUPUIS

IMMENSE MERCI À ROSE QUI A SOUFFLÉ L'IDÉE DU FILM À SA MAMAN !

RETROUVE TAMARA SUR LES RÉSEAUX SOCIAUX
#TAMARALABD

Cet ouvrage contient une sélection de planches
issues des tomes 1 à 7 de *Tamara* publiés entre 2003 et 2009.

Maquette : Dominique Paquet.

D/2016/0089/292
ISBN 978-2-8001-6974-3
© Dupuis, 2016.
Tous droits réservés.
Imprimé en Belgique par Graphius.

WWW.DUPUIS.COM

Cet album a été
imprimé sur papier issu
de forêts gérées de
manière
durable et équitable.

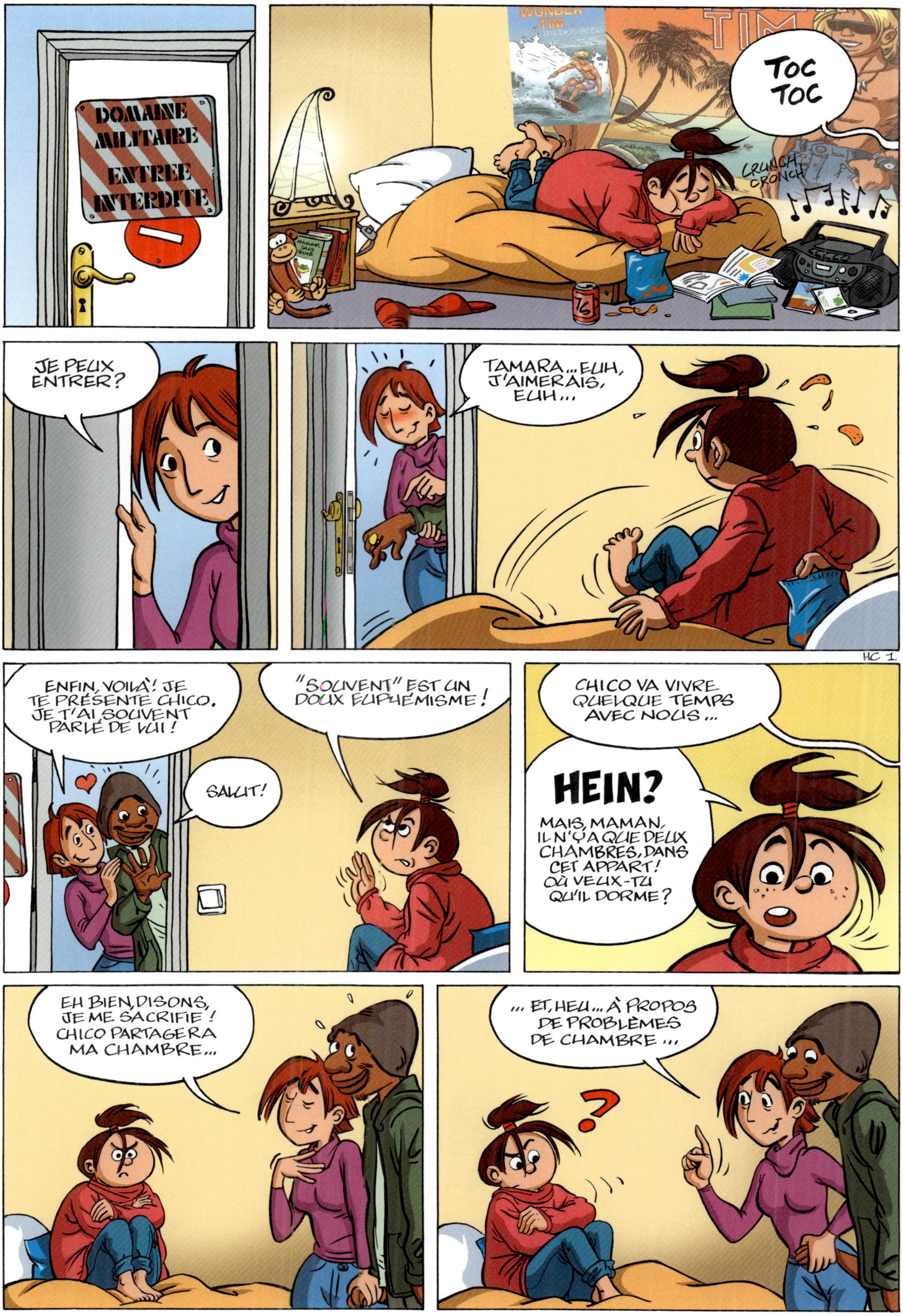

DOMAINE MILITAIRE ENTREE INTERDITE
TOC TOC
CRUNCH CRONCH
JE PEUX ENTRER?
TAMARA... EUH, J'AIMERAIS, EUH...
ENFIN, VOILÀ! JE TE PRÉSENTE CHICO. JE T'AI SOUVENT PARLÉ DE LUI!
SALUT!
"SOUVENT" EST UN DOUX EUPHÉMISME!
CHICO VA VIVRE QUELQUE TEMPS AVEC NOUS...
HEIN?
MAIS, MAMAN, IL N'Y A QUE DEUX CHAMBRES, DANS CET APPART! OÙ VEUX-TU QU'IL DORME?
EH BIEN, DISONS, JE ME SACRIFIE! CHICO PARTAGERA MA CHAMBRE...
... ET, HEU... À PROPOS DE PROBLÈMES DE CHAMBRE...

IL FAUT AUSSI QUE JE TE PRÉSENTE YOLI.
C'EST MA FILLE !
FIER!
YOLI VIENT ÉGALEMENT VIVRE AVEC NOUS...
MIAM-MIOUM ! DES CHIPS AU PAPRIKA.
ET ELLE, ON PEUT SAVOIR OÙ TU COMPTES L'INSTALLER ? DANS LA CUISINE, DANS LA SALLE DE BAINS OU SUR LE BALCON ?
HOP!
CRUNCH! CRONCH!
HC 02
ET MOI, LES AFFAIRES DE YOLI.
JE VAIS CHERCHER LE LIT PLIANT.
JE N'AI JAMAIS DIT QUE J'ACCEPTAIS!
MIAM-MIOUM, UN ORDI !
JE COMMENCE À COMPRENDRE CE QUE RESSENT LE CRABE LORSQU'IL VOIT DÉBARQUER UNE HORDE DE TOURISTES SUR SON COIN DE PLAGE !...

ON DESCEND CHERCHER LES AFFAIRES DE CHICO. PROFITEZ-EN POUR FAIRE CONNAISSANCE ...
DOMAINE MILITAIRE ENTREE INTERDITE
WONDER TIM
?!
TU POURRAIS AU MOINS ALLER DANS LA SALLE DE BAINS POUR METTRE TON PYJAMA !...
POURQUOI ? TU ES MA GRANDE SŒUR À PRÉSENT. ON N'A PLUS DE SECRETS L'UNE POUR L'AUTRE !
ÉCOUTE-MOI BIEN, LA NAINE ! JE NE SUIS PAS TA GRANDE SŒUR ! JE SUIS LA FILLE DE LA PETITE AMIE DE TON PÈRE, NUANCE !...
HC 03
C'EST D'AILLEURS VRAISEMBLABLEMENT TOUT PROVISOIRE ! MA MÈRE N'EST PAS TOUJOURS FACILE À VIVRE, CROIS-MOI !
SI ÇA SE TROUVE, NOS DEUX TOURTEREAUX SONT DÉJÀ EN TRAIN DE SE DISPUTER ...
DITES, LES FILLES ! EUH... CHICO EST FATIGUÉ, ON VA SE COUCHER. FAITES DE BEAUX RÊVES.
" DÉJÀ EN TRAIN DE SE DISPUTER, " TU DISAIS !...
MIAM-MIOUM !
BEN DIS DONC, SI C'EST COMME ÇA QUAND ILS SE DISPUTENT... QU'EST-CE QUE ÇA DOIT ÊTRE QUAND ILS SE RÉCONCILIENT !
...

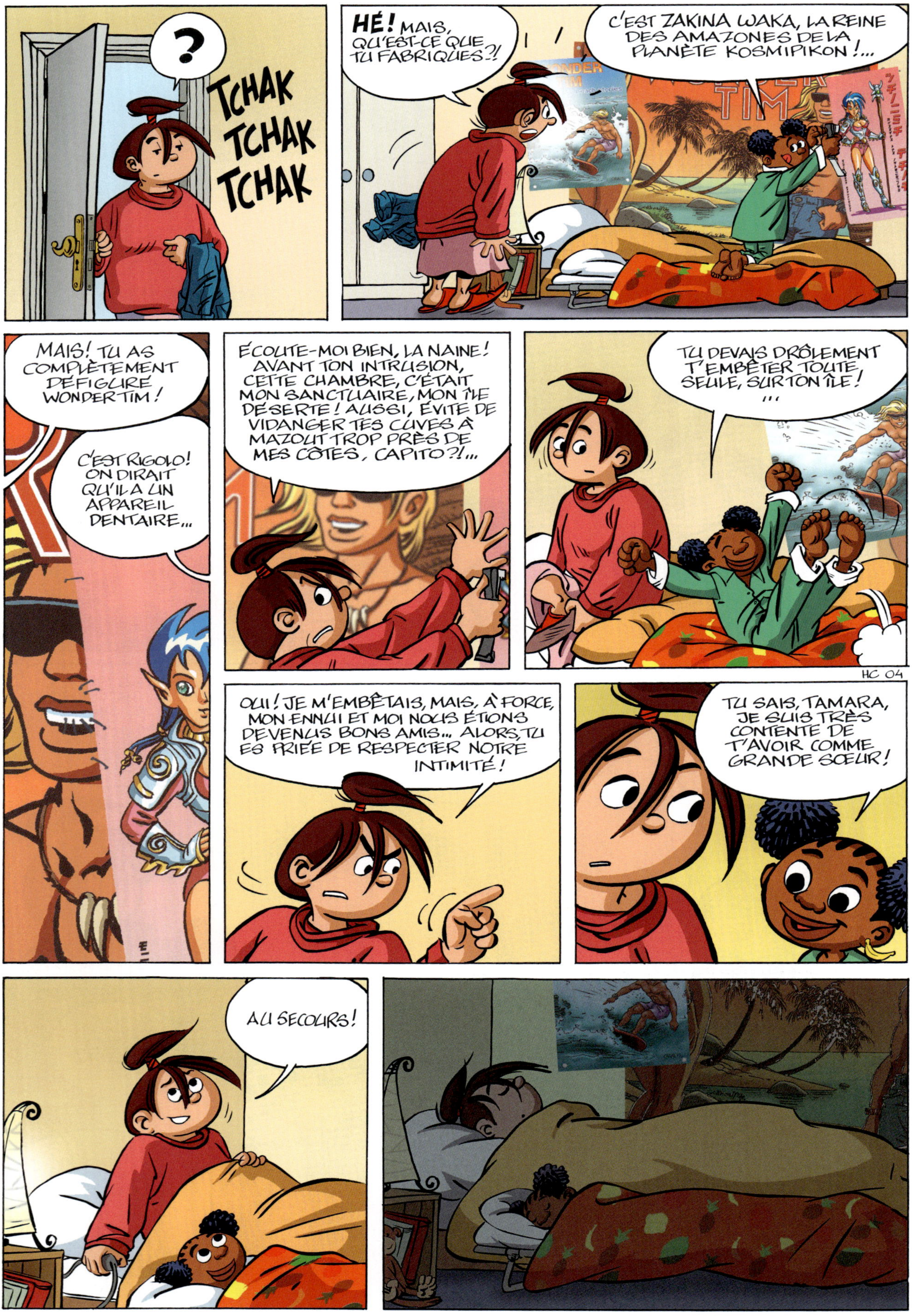
?
TCHAK TCHAK TCHAK
HÉ! MAIS, QU'EST-CE QUE TU FABRIQUES?!
C'EST ZAKINA WAKA, LA REINE DES AMAZONES DE LA PLANÈTE KOSMIPIKON!...
MAIS! TU AS COMPLÈTEMENT DÉFIGURÉ WONDERTIM!
C'EST RIGOLO! ON DIRAIT QU'IL A UN APPAREIL DENTAIRE...
ÉCOUTE-MOI BIEN, LA NAINE! AVANT TON INTRUSION, CETTE CHAMBRE, C'ÉTAIT MON SANCTUAIRE, MON ÎLE DÉSERTE! AUSSI, ÉVITE DE VIDANGER TES CUVES À MAZOUT TROP PRÈS DE MES CÔTES, CAPITO?!...
TU DEVAIS DRÔLEMENT T'EMBÊTER TOUTE SEULE, SUR TON ÎLE! ...
HC 04
OUI! JE M'EMBÊTAIS, MAIS, À FORCE, MON ENNUI ET MOI NOUS ÉTIONS DEVENUS BONS AMIS... ALORS, TU ES PRIÉE DE RESPECTER NOTRE INTIMITÉ!
TU SAIS, TAMARA, JE SUIS TRÈS CONTENTE DE T'AVOIR COMME GRANDE SŒUR!
AU SECOURS!

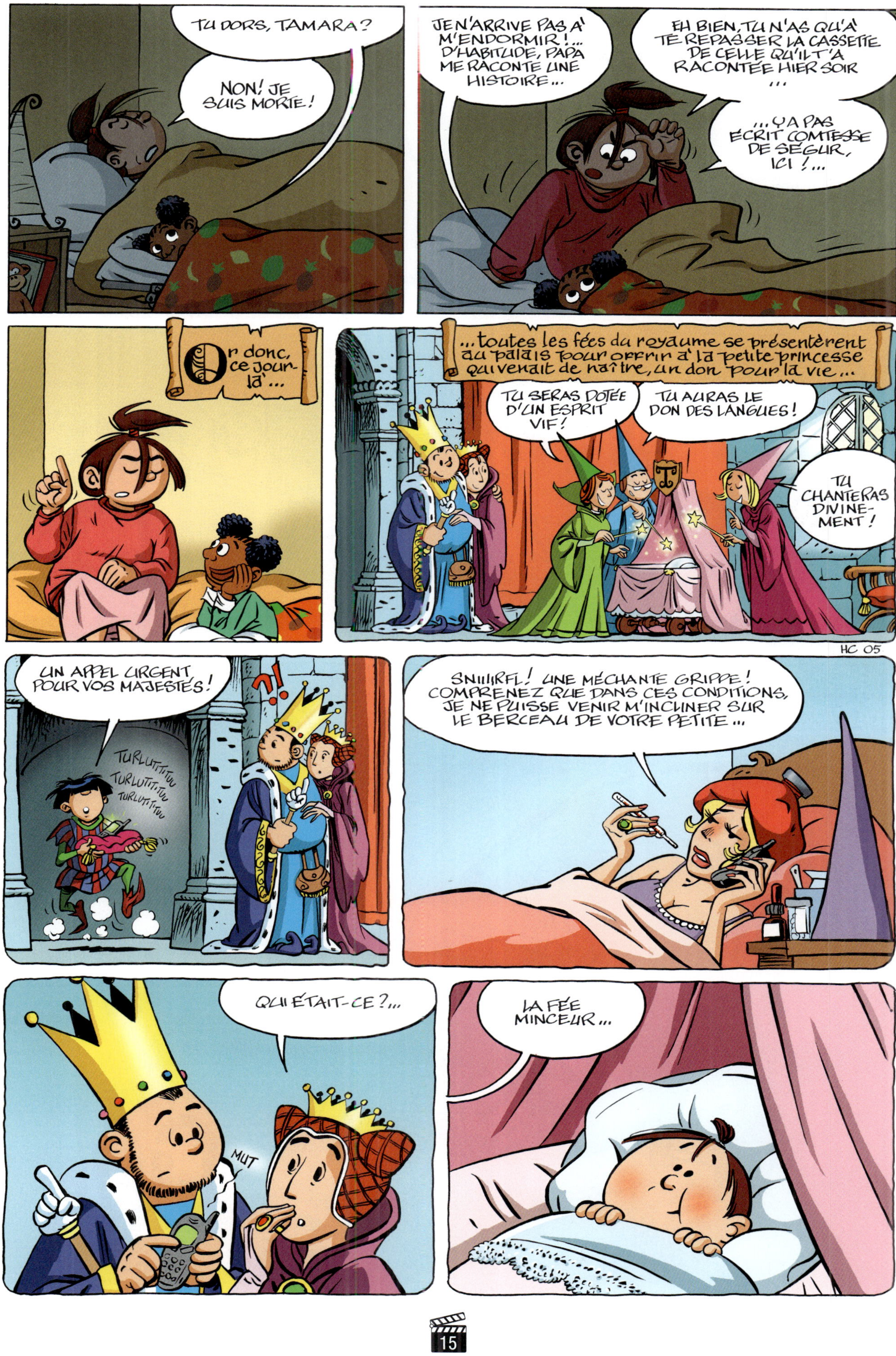
TU DORS, TAMARA?
NON! JE SUIS MORTE!
JE N'ARRIVE PAS À M'ENDORMIR!... D'HABITUDE, PAPA ME RACONTE UNE HISTOIRE...
EH BIEN, TU N'AS QU'À TE REPASSER LA CASSETTE DE CELLE QU'IL T'A RACONTÉE HIER SOIR ...
... Y A PAS ÉCRIT COMTESSE DE SÉGUR, ICI!...
Or donc, ce jour-là...
... toutes les fées du royaume se présentèrent au palais pour offrir à la petite princesse qui venait de naître, un don pour la vie...
TU SERAS DOTÉE D'UN ESPRIT VIF!
TU AURAS LE DON DES LANGUES!
TU CHANTERAS DIVINEMENT!
HC 05
UN APPEL URGENT POUR VOS MAJESTÉS!
TURLUTITITU
TURLUTITITU
TURLUTITITU
SNIIIIRFL! UNE MÉCHANTE GRIPPE! COMPRENEZ QUE DANS CES CONDITIONS, JE NE PUISSE VENIR M'INCLINER SUR LE BERCEAU DE VOTRE PETITE...
QUI ÉTAIT-CE?...
MUT
LA FÉE MINCEUR...

ET VOILÀ POURQUOI, COMME TU LE VOIS, JE NE SUIS PAS UN MODÈLE DE SVELTESSE ...
DORS, À PRÉSENT !
?!
TAMARA ! ATTENDS ! L'HISTOIRE N'EST PAS TERMINÉE !
Car au moment même où le roi raccrochait son téléphone...
... une fée fit son apparition dans la salle d'audience...
ATTENDEZ ! PFF, PFF... ATTENDEZ !
?
ARHEUU
HC 06
PFF, QUE VOS MAJESTÉS DAIGNENT M'EXCUSER, PFF, PFF, UN EMBOUTEILLAGE MONSTRE, SUR LE PÉRIPHÉRIQUE !...
BÉBÉ D'AMOUR, JE TE FAIS DON DE LA PLUS PRÉCIEUSE DES QUALITÉS :
LA GENTILLESSE !
SMUTCH
FIN
DARASSE
ZIDROU
couleurs BEN BK.

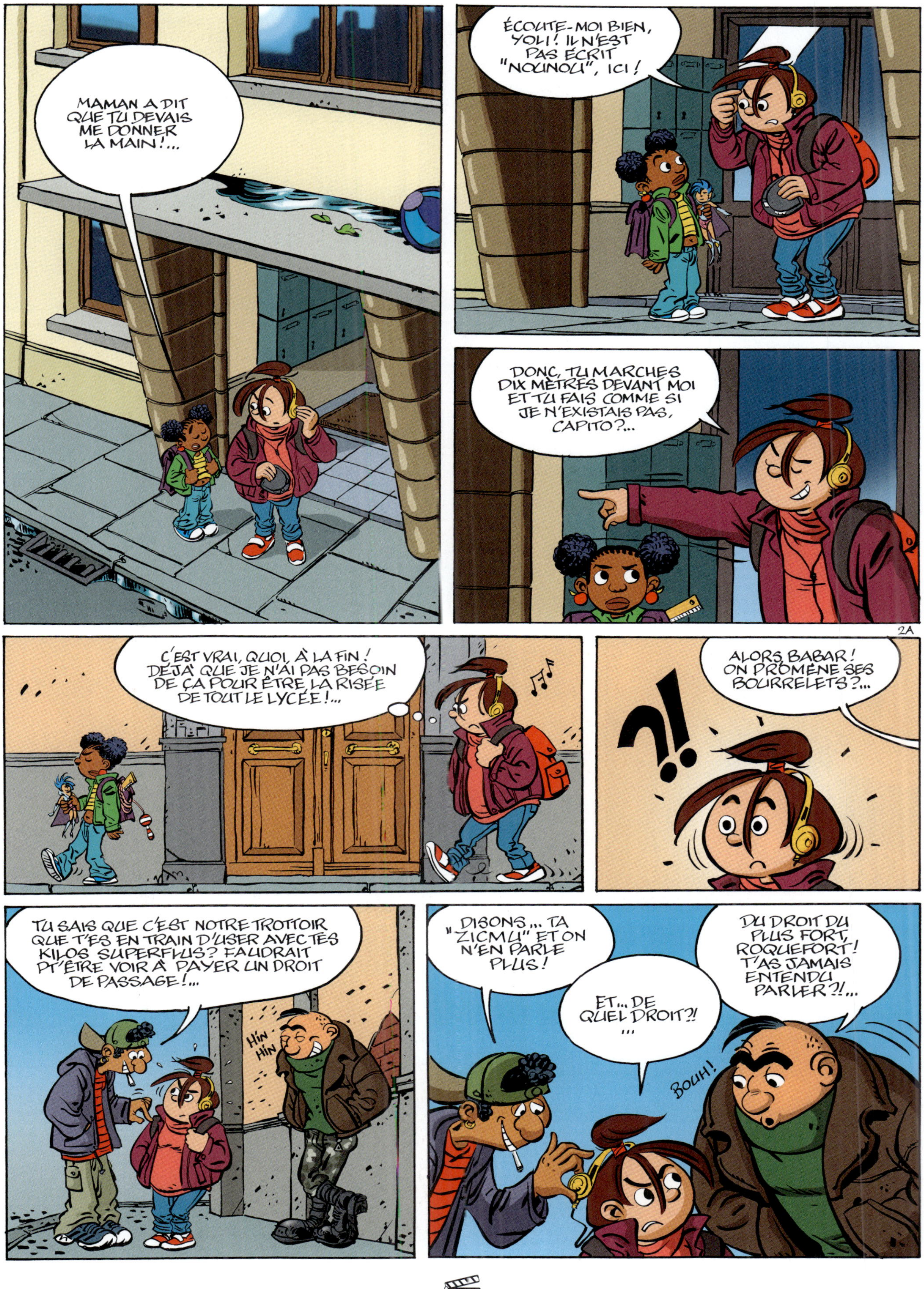

MAMAN A DIT QUE TU DEVAIS ME DONNER LA MAIN !...
ÉCOUTE-MOI BIEN, YOLI ! IL N'EST PAS ÉCRIT "NOUNOU", ICI !
DONC, TU MARCHES DIX MÈTRES DEVANT MOI ET TU FAIS COMME SI JE N'EXISTAIS PAS, CAPITO ?...
2A
C'EST VRAI, QUOI, À LA FIN ! DÉJÀ QUE JE N'AI PAS BESOIN DE ÇA POUR ÊTRE LA RISÉE DE TOUT LE LYCÉE !...
?!
ALORS, BABAR ! ON PROMÈNE SES BOURRELETS ?...
TU SAIS QUE C'EST NOTRE TROTTOIR QUE T'ES EN TRAIN D'USER AVEC TES KILOS SUPERFLUS ? FAUDRAIT PT'ÊTRE VOIR À PAYER UN DROIT DE PASSAGE !...
HIN HIN
DISONS... TA "ZICMU" ET ON N'EN PARLE PLUS !
ET... DE QUEL DROIT ?! ...
DU DROIT DU PLUS FORT, ROQUEFORT ! T'AS JAMAIS ENTENDU PARLER ?!...
BOUH !

?!
JE CROYAIS QUE LA VILLE AVAIT ACHETÉ DES "RAMASSE-CROTTES" POUR NETTOYER LES TROTTOIRS ! ...
?!
REGARDEZ-MOI CETTE TERREUR ! J'EN FAIS DANS MA CULOTTE !
HA HA HA !
VA JOUER PLUS LOIN AVEC TA BROUETTE, LA NAINE ! ...
POUF POUF
ARF ARF
TCHUK
OUCHE
ZWIIIIIIIPSS
GARGLUPS
KNUT
OUILLE
TU VOIS... MAMAN AVAIT RAISON ! IL VAUT MIEUX QUE TU ME DONNES LA MAIN !

TU NE CROIS PAS SI BIEN DIRE, CARABINE JOE !...
TU AS RENDEZ-VOUS AVEC LA MORT ! ET PAS PLUS TARD QUE MAINTENANT !...
!
PANG PANG PANG
J'AVAIS COMPLÈTEMENT PERDU DE VUE...
AAAARGH
APFFF ! APFF...
APFFF... APFF !
APFF ! APFFF...
PFF PFF
TROP TARD ! ...

BON ! REPRENONS NOTRE PETITE DÉMONSTRATION !
POUR S'EMBRASSER SUR LA BOUCHE, IL FAUT UNE FILLE...
... ET UN GARÇON !...
MIAM, MIOUM !
QUOIQUE...
14
PARFOIS, ON PEUT PRENDRE DEUX GARÇONS...
... OU DEUX FILLES...
... OU ALORS DEUX GARÇONS ET UNE FILLE...
OU ENCORE, DEUX FILLES, UN GARÇON ET...
L'AMOUR, C'EST UN PEU COMME UN COFFRE-FORT. QU'IMPORTE LA COMBINAISON, C'EST LE CONTENU QUI COMPTE !...

18:30
C'EST BIEN ICI QU'ON A COMMANDÉ UNE "ROMÉO ET JULIETTE"?
ÇA FERA 10 EUROS! TOUT RONDS, TOUT BONS! ...
19:10
"ROMÉO ET JULIETTE" II LE RETOUR! ... DES INVITÉS DE DERNIÈRE MINUTE, SANS DOUTE? ...
19:35
ET... UNE "ROMÉO ET JULIETTE" DE PLUS, UNE! LES DEUX PREMIÈRES ÉTAIENT VISIBLEMENT À VOTRE GOÛT! ...
20:15
"ROMÉO ET JULIETTE" STRIKE AGAIN! C'EST LA FIESTA DES GRANDS SOIRS, CHEZ VOUS!
BOM!
20:50
DÉCIDÉMENT, VOUS AVEZ L'AIR DE L'APPRÉCIER, NOTRE "ROMÉO ET JULIETTE"! VOUS SAVEZ QUE VOUS POUVEZ EN COMMANDER PLUSIEURS EN UNE FOIS... J'DIS ÇA, J'DIS RIEN! HEIN?...
21:25
CE QUI EST BIEN, C'EST QUE ROMÉO, JULIETTE ET MOI, ON CONNAÎT LE CHEMIN PAR CŒUR, MAINTENANT!
21:55
C'EST ENCORE NOUS!
BONNE NOUVELLE! À LA DOUZIÈME "ROMÉO ET JULIETTE" COMMANDÉE, LA TREIZIÈME EST GRATUITE!...
24
21:57
IL VA LUI FALLOIR COMBIEN DE PIZZAS POUR COMPRENDRE?! ...
SOUPIR!
C'EST VRAI QU'IL EST MIAM-MIOUM, TON "PIZZAMOUREUX"! MAIS TU VAS DEVOIR CHOISIR, TAMARA... C'EST LUI OU TA LIGNE!...

HEP! TAMARA !
SI C'EST ENCORE POUR TE F... DE MA POIRE, WAGNER, TU PEUX ALLER TE...
NERFS
COOL ! MA POULE !
JE RECONNAIS QUE J'AI ÉTÉ PLUTÔT VACHE AVEC TOI, CES DERNIERS TEMPS...
... AUSSI, POUR ME FAIRE PARDONNER, JE T'INVITE À LA RAVE QUE J'ORGANISE SAMEDI PROCHAIN...
M... MOI ?!
36
J'AI AUSSI INVITÉ CORENTIN...
GULPS ...
CLIGNE CLIGNE
OF COURSE, LE LIEU OÙ SE DÉROULERA LA TEUF EST TOP MÉGA SECRET ! TU GARDES ÇA POUR TOI...
NO PROB'
I'M SLIM SHADY...
ET TAMARA, ELLE RISQUE PAS D'ABOULER SES BOURRELETS À L'IMPROVISTE ?
PAS DE DANGER...
... JE L'AI ENVOYÉE PAÎTRE !...
MHEUUH ?

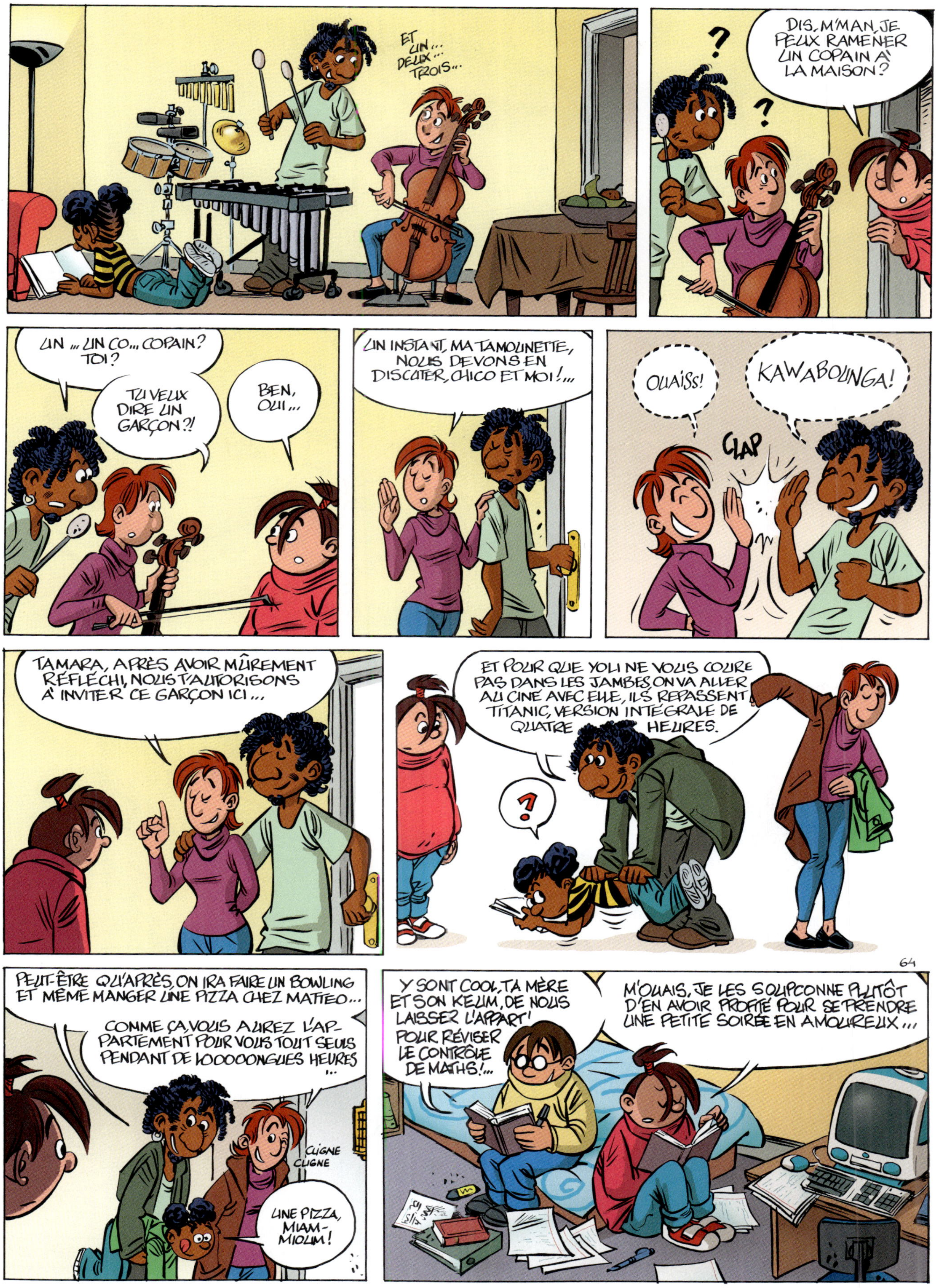
ET UN... DEUX... TROIS...
DIS, M'MAN, JE PEUX RAMENER UN COPAIN À LA MAISON ?
UN ... UN CO... COPAIN ? TOI ?
TU VEUX DIRE UN GARÇON ?!
BEN, OUI...
UN INSTANT, MA TAMOUNETTE, NOUS DEVONS EN DISCUTER, CHICO ET MOI !...
OUAISS !
KAWABOUNGA !
CLAP
TAMARA, APRÈS AVOIR MÛREMENT RÉFLÉCHI, NOUS T'AUTORISONS À INVITER CE GARÇON ICI...
ET POUR QUE YOLI NE VOUS COURE PAS DANS LES JAMBES ON VA ALLER AU CINÉ AVEC ELLE, ILS REPASSENT TITANIC, VERSION INTÉGRALE DE QUATRE HEURES.
64
PEUT-ÊTRE QU'APRÈS, ON IRA FAIRE UN BOWLING ET MÊME MANGER UNE PIZZA CHEZ MATTEO...
COMME ÇA, VOUS AUREZ L'APPARTEMENT POUR VOUS TOUT SEULS PENDANT DE LOOOOONGUES HEURES...
CLIGNE CLIGNE
UNE PIZZA, MIAM-MIOUM !
Y SONT COOL, TA MÈRE ET SON KEUM, DE NOUS LAISSER L'APPART' POUR RÉVISER LE CONTRÔLE DE MATHS !...
M'OUAIS, JE LES SOUPÇONNE PLUTÔT D'EN AVOIR PROFITÉ POUR SE PRENDRE UNE PETITE SOIRÉE EN AMOUREUX...

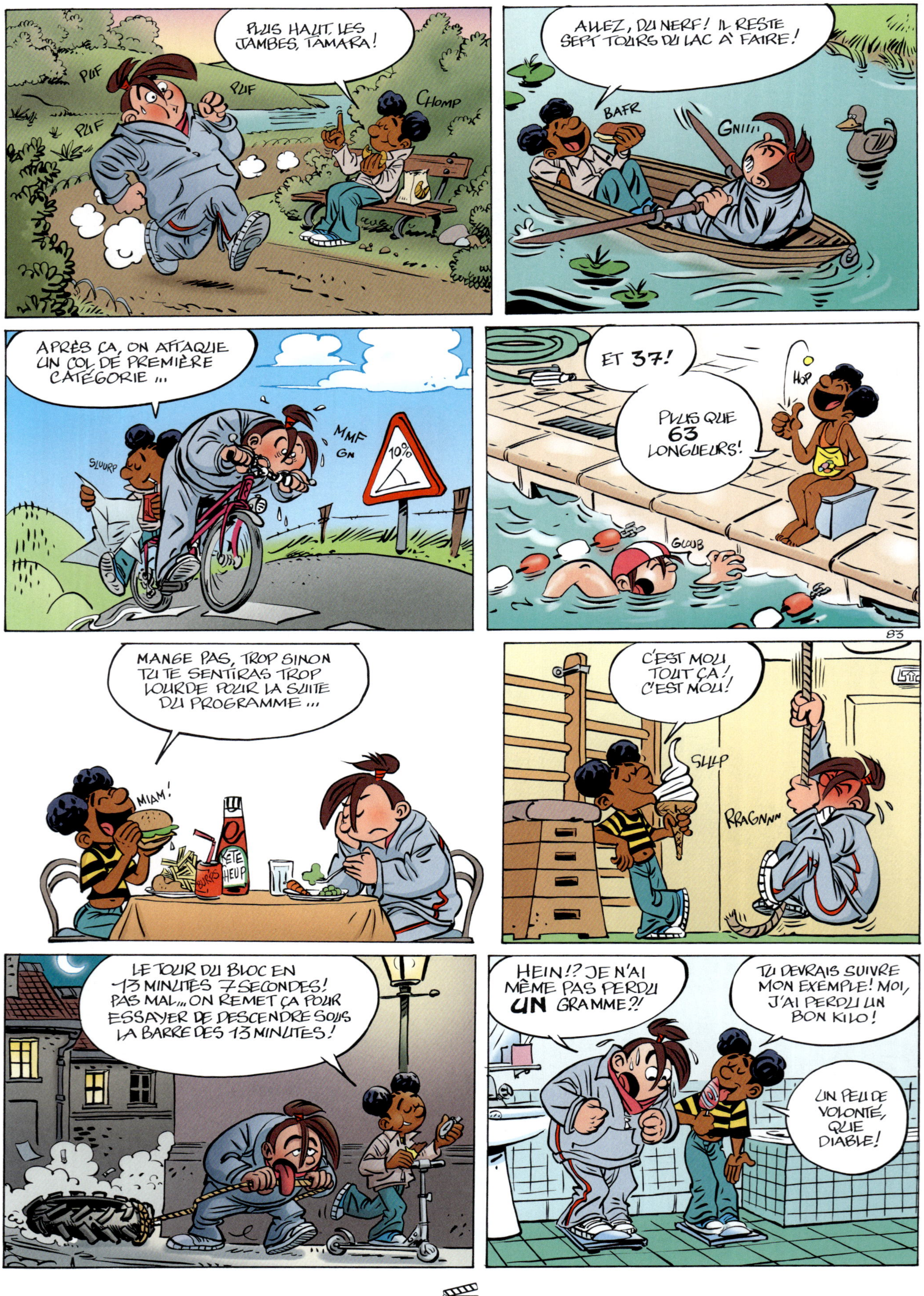

PLUS HAUT, LES JAMBES, TAMARA !
PUF
PUF
PUF
CHOMP
ALLEZ, DU NERF ! IL RESTE SEPT TOURS DU LAC À FAIRE !
BAFR
GNIIII
APRÈS ÇA, ON ATTAQUE UN COL DE PREMIÈRE CATÉGORIE ...
SLUURP
MMF
GN
10%
ET 37 !
PLUS QUE 63 LONGUEURS !
HOP
GLOUB
83
MANGE PAS TROP, SINON TU TE SENTIRAS TROP LOURDE POUR LA SUITE DU PROGRAMME ...
MIAM !
KETCHEUP
C'EST MOU TOUT ÇA ! C'EST MOU !
SLLLP
RRAGNNN
LE TOUR DU BLOC EN 13 MINUTES 7 SECONDES ! PAS MAL ... ON REMET ÇA POUR ESSAYER DE DESCENDRE SOUS LA BARRE DES 13 MINUTES !
HEIN !? JE N'AI MÊME PAS PERDU UN GRAMME ?!
TU DEVRAIS SUIVRE MON EXEMPLE ! MOI, J'AI PERDU UN BON KILO !
UN PEU DE VOLONTÉ, QUE DIABLE !

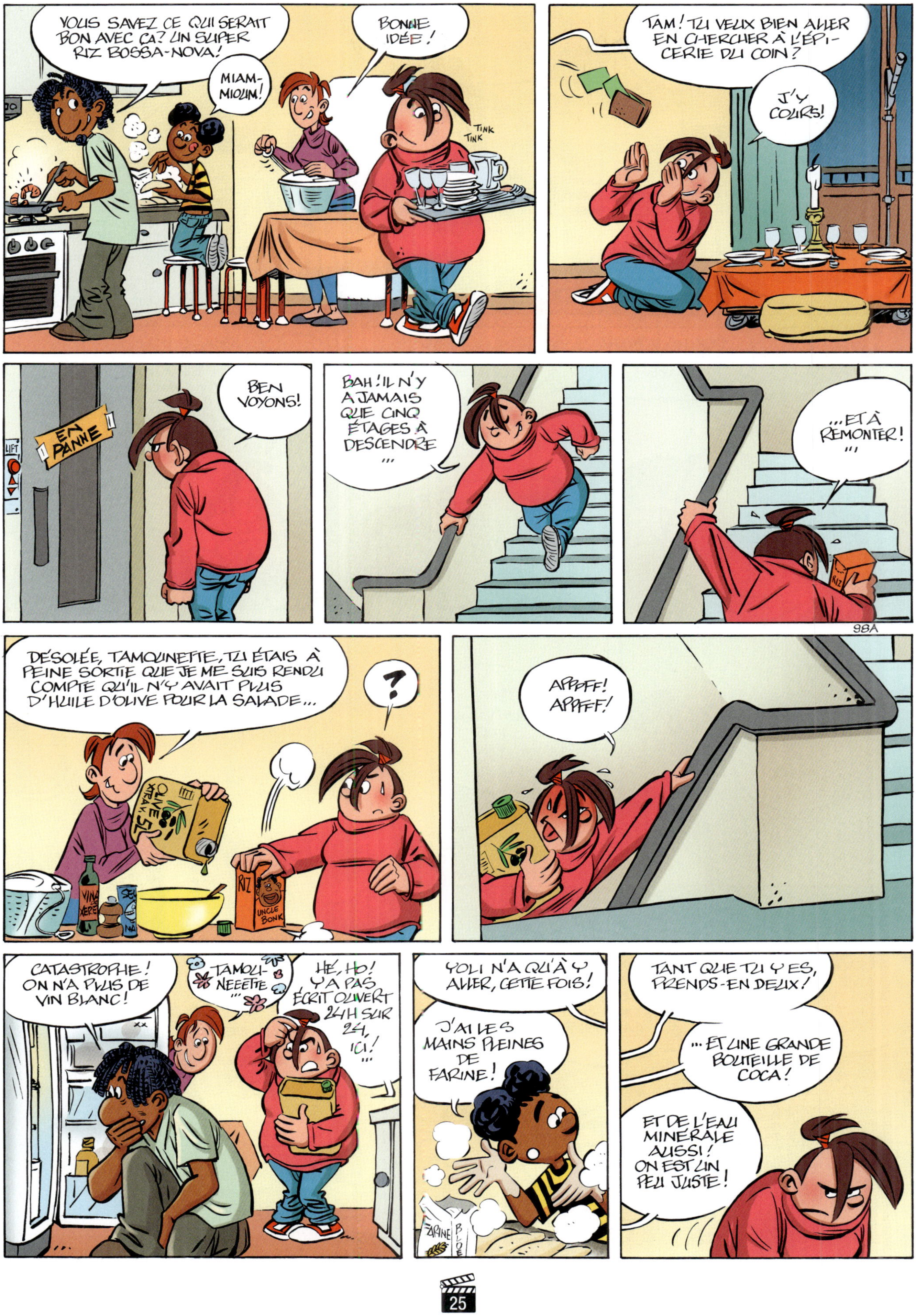

VOUS SAVEZ CE QUI SERAIT BON AVEC ÇA? UN SUPER RIZ BOSSA-NOVA!
MIAM-MIOUM!
BONNE IDÉE!
TINK TINK
TAM! TU VEUX BIEN ALLER EN CHERCHER À L'ÉPICERIE DU COIN?
J'Y COURS!
LIFT
EN PANNE
BEN VOYONS!
BAH! IL N'Y A JAMAIS QUE CINQ ÉTAGES À DESCENDRE ...
...ET À REMONTER! ...
RIZ
DÉSOLÉE, TAMOUNETTE, TU ÉTAIS À PEINE SORTIE QUE JE ME SUIS RENDU COMPTE QU'IL N'Y AVAIT PLUS D'HUILE D'OLIVE POUR LA SALADE...
?
OLIVE XTRAV. 5L
VINAIGRE XÉRÈS
RIZ UNCLE BONK
APPFFF! APPFFF!
CATASTROPHE! ON N'A PLUS DE VIN BLANC!
TAMOU-NEEETTE ...
HÉ, HO! Y A PAS ÉCRIT OUVERT 24H SUR 24, ICI! ...
YOLI N'A QU'À Y ALLER, CETTE FOIS!
J'AI LES MAINS PLEINES DE FARINE!
FARINE BLÉ
TANT QUE TU Y ES, PRENDS-EN DEUX!
...ET UNE GRANDE BOUTEILLE DE COCA!
ET DE L'EAU MINÉRALE AUSSI! ON EST UN PEU JUSTE!

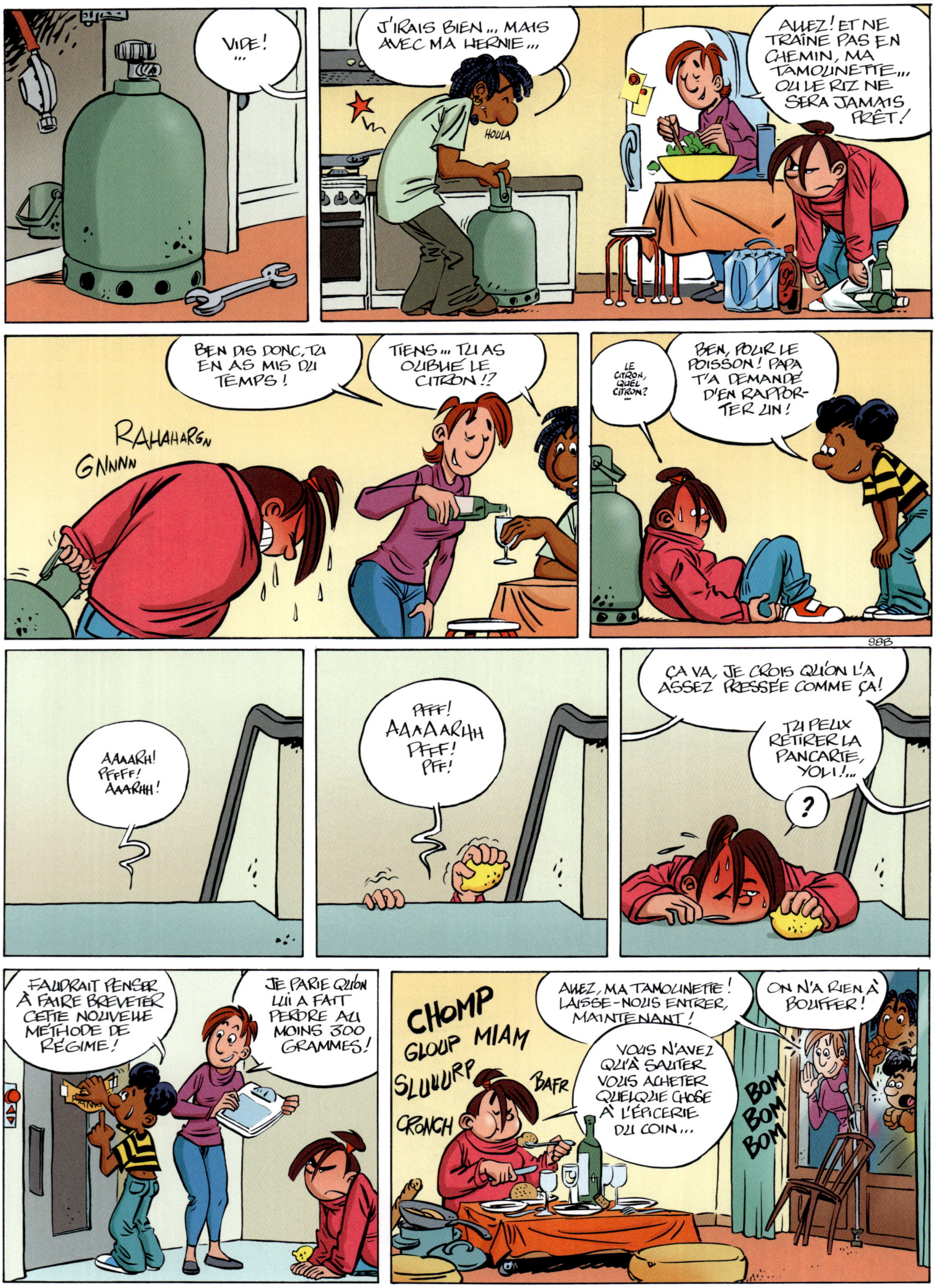
VIDE! ...
J'IRAIS BIEN... MAIS AVEC MA HERNIE...
HOULA
ALLEZ! ET NE TRAÎNE PAS EN CHEMIN, MA TAMOLINETTE... OU LE RIZ NE SERA JAMAIS PRÊT!
RAHAHARGN
GNNNN
BEN DIS DONC, TU EN AS MIS DU TEMPS!
TIENS... TU AS OUBLIÉ LE CITRON!?
LE CITRON, QUEL CITRON? ...
BEN, POUR LE POISSON! PAPA T'A DEMANDÉ D'EN RAPPORTER UN!
AAAARH! PFFFF! AAARHH!
PFFF! AAAAARHH PFFF! PFF!
ÇA VA, JE CROIS QU'ON L'A ASSEZ PRESSÉE COMME ÇA!
TU PEUX RETIRER LA PANCARTE, YOLI!...
?
FAUDRAIT PENSER À FAIRE BREVETER CETTE NOUVELLE MÉTHODE DE RÉGIME!
JE PARIE QU'ON LUI A FAIT PERDRE AU MOINS 300 GRAMMES!
CHOMP
GLOUP MIAM
SLUUURP
BAFR
CRONCH
ALLEZ, MA TAMOLINETTE! LAISSE-NOUS ENTRER, MAINTENANT!
ON N'A RIEN À BOUFFER!
VOUS N'AVEZ QU'À SAUTER VOUS ACHETER QUELQUE CHOSE À L'ÉPICERIE DU COIN...
BOM BOM BOM

?
JE NE SUIS PAS GROSSE!
JE SUIS ENCEINTE
JE NE SUIS PAS GROSSE!
?!!
!?
JE NE SUIS PAS GROSSE!
84
?
JE SUIS CONFORTABLE

DÉGUEU !
WAAW !
ON LUI VOIT MÊME LES TRIPES !
ET ENCORE, CETTE PHOTO C'EST DE LA GNOGNOTTE À CÔTÉ DE SES GRANDES SOEURS !
MON TONTON EST JOURNALISTE ET IL S'OCCUPE DE LA RUBRIQUE DES CHIENS ÉCRASÉS DANS LE JOURNAL "LE DÉMAGOGUE ÉCLAIRÉ"...
HM...
M'OUAIS...
BOARF...
... DES CHIENS ÉCRASÉS... MAIS AUSSI DES GENS ÉCRASÉS, DES ACCIDENTÉS DU TRAVAIL... DES BRÛLÉS AU TROISIÈME DEGRÉ, DES NOYÉS QUI ONT FAIT UNE TREMPETTE D'UNE SEMAINE DANS LE CANAL...
DES...
COOL !
FAIS VOIR, WAGNER, FAIS VOIR !
MINUTE, LES MOUCHES À CACA ! POUR ZYEUTER, FAUT DOUILLER !
UN EURO LA SÉANCE DE FRISSON !
103
T'AS VU D'OÙ QU'ILS LUI SORTENT, LES ASTICOTS ? HU, HU !
EUH ! OÙ QU'ELLE EST, SA TÊTE ?!
Y A QUOI DANS L'ENVELOPPE ROUGE ?!
HA NON ! CELLE-LÀ, JE NE PEUX VRAIMENT PAS ! VOUS ÊTES TROP PETITS... ÇA VA VOUS DÉGOÛTER À JAMAIS !
ON VEUT VOIR !
ON VEUT VOIR !
BON, BON ! C'EST UNE PHOTO DE TAMARA EN BIKINI !
TROIS EUROS LE COUP D'OEIL...
MAIS IL FAUT ME SIGNER UNE DÉCHARGE...
ÇA EXISTE, DES CHOSES COMME ÇA ?!
T'AS VU LES CUISSES !?
C'EST UN TRUCAGE... C'EST PAS POSSIBLE AUTREMENT !
OÙ T'AS TROUVÉ CETTE PHOTO !?
UN-AÏE-JOURNALISTE NE-OUCH-CITE JAMAIS SES-OUILLE-SOURCES !...
BOUF
BOUF
BOUF

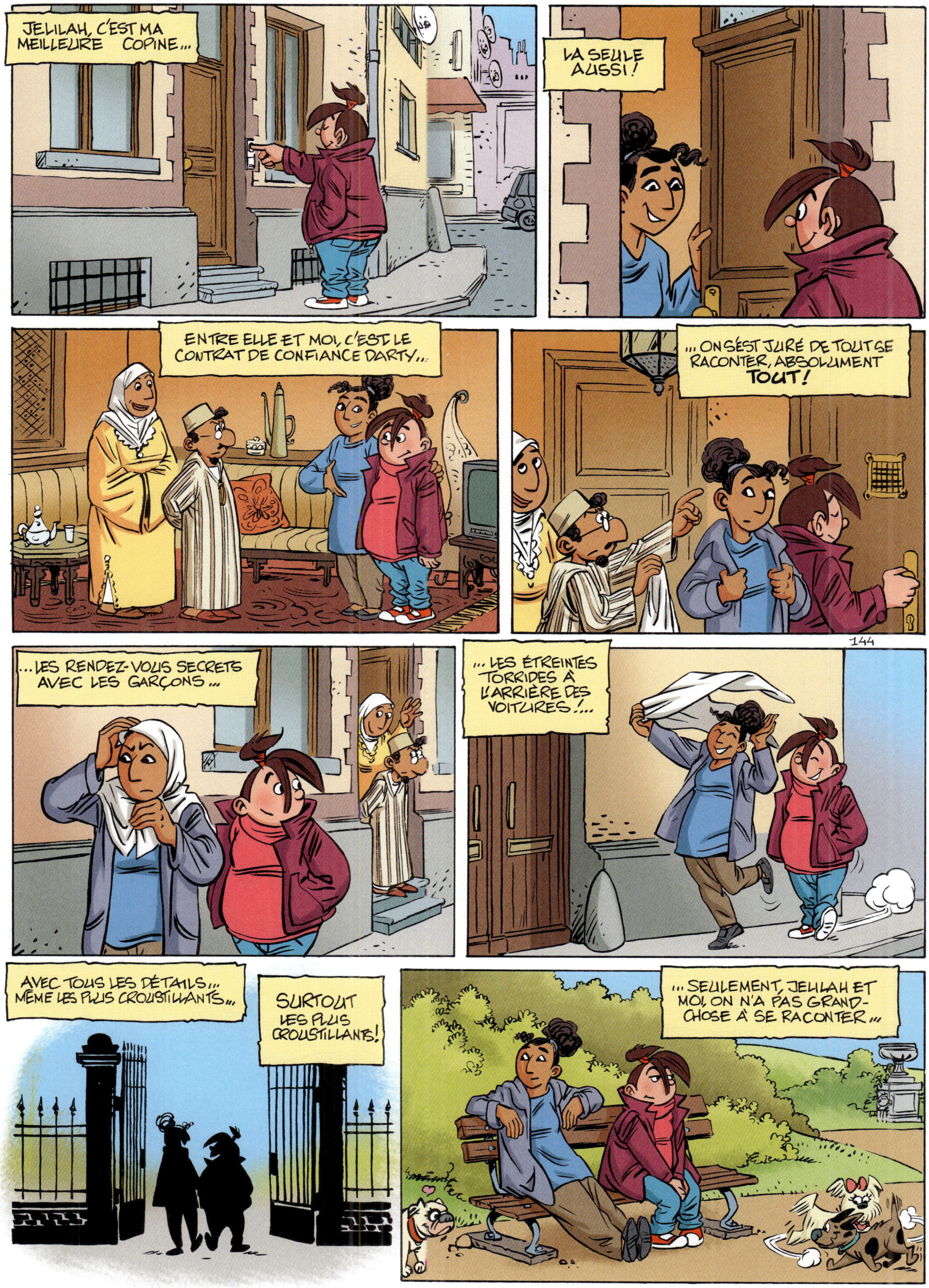

JELILAH, C'EST MA MEILLEURE COPINE...
LA SEULE AUSSI !
ENTRE ELLE ET MOI, C'EST LE CONTRAT DE CONFIANCE DARTY...
... ON S'EST JURÉ DE TOUT SE RACONTER, ABSOLUMENT TOUT !
144
... LES RENDEZ-VOUS SECRETS AVEC LES GARÇONS...
... LES ÉTREINTES TORRIDES À L'ARRIÈRE DES VOITURES !...
AVEC TOUS LES DÉTAILS... MÊME LES PLUS CROUSTILLANTS...
SURTOUT LES PLUS CROUSTILLANTS !
... SEULEMENT, JELILAH ET MOI, ON N'A PAS GRAND-CHOSE À SE RACONTER...

AH! VOILÀ QUI VA NOUS CHANGER DE L'HABITUEL TRAIN-TRAIN ÉLECTRIQUE!
ÉCOUTEZ ÇA, MON PETIT ROMUALD!
?
CELA VIENT D'UNE CERTAINE TAMARA!...
Cher Pèr
Je sais
ça
Cher Père noël, Je sais... ça va vous paraître bizarre que je vous écrive encore à mon âge, seulement voilà, j'ai tout essayé...
...clubs de rencontres, petites annonces, le coup du mouchoir, tout! Et pas le moindre prince charmant à l'horizon... Aussi êtes-vous mon dernier espoir...
...si pour Noël, vous pouviez m'apporter un mec, rien que pour moi, ce serait vraiment caviar! Pas trop moche, le genre sportif avec tablettes de chocolat et de beaux yeux noisette... D'avance merci! Tamara
P.S. Inutile de dire que vu les problèmes évoqués ci-dessus, j'ai été très sage cette année...
141
CE... C'EST TOUCHANT!
NOUS ALLONS FAIRE QUELQUE CHOSE POUR CETTE PAUVRE ENFANT!...
TRÈS SPIRITUEL! VRAIMENT!...
MIAM-MIAM!
ZAKINA
WAKA

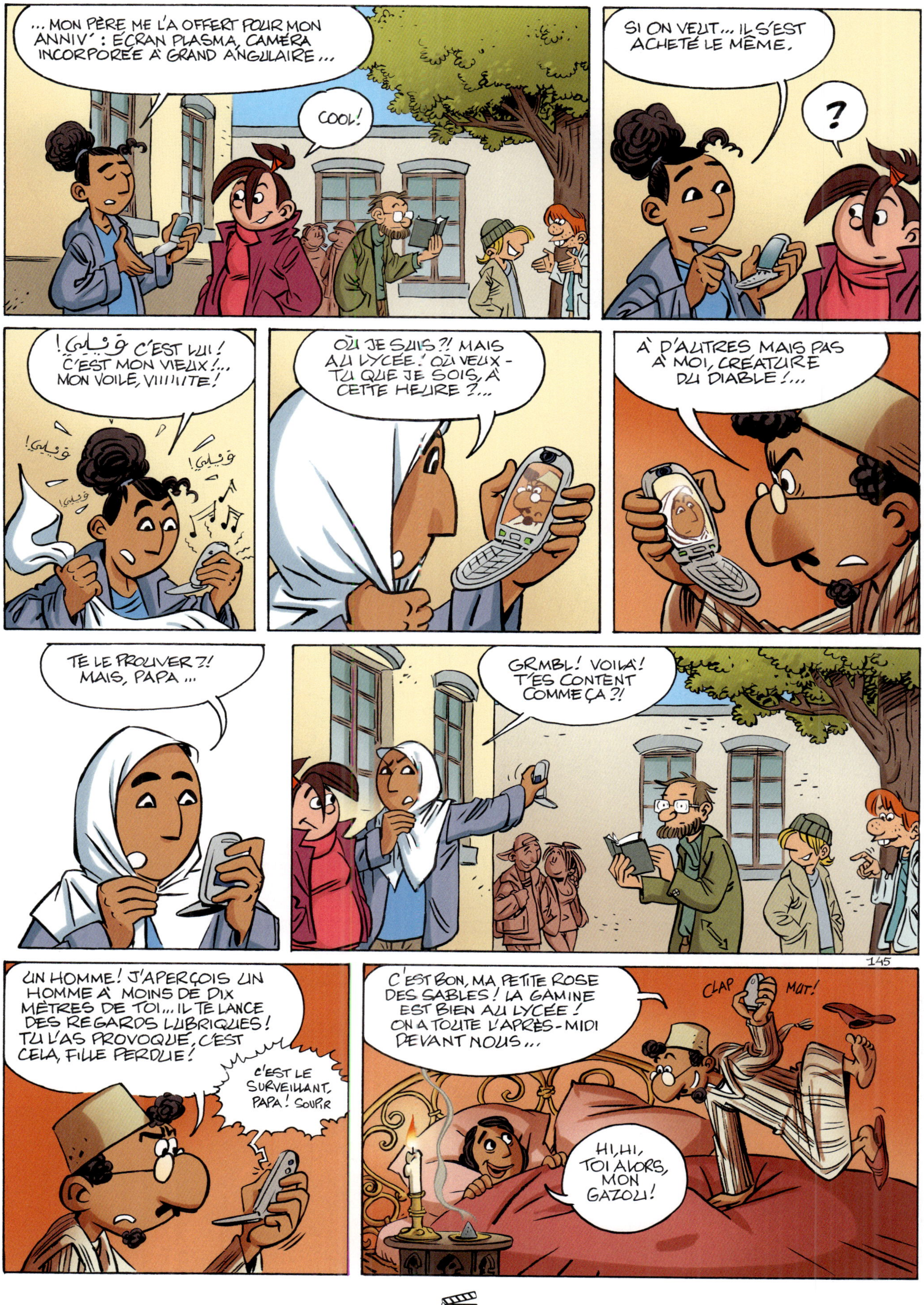

... MON PÈRE ME L'A OFFERT POUR MON ANNIV' : ÉCRAN PLASMA, CAMÉRA INCORPORÉE À GRAND ANGULAIRE ...
COOL!
SI ON VEUT... IL S'EST ACHETÉ LE MÊME.
?
وفيلي! C'EST LUI! C'EST MON VIEUX!... MON VOILE, VIIIIITE!
OÙ JE SUIS?! MAIS AU LYCÉE! OÙ VEUX-TU QUE JE SOIS, À CETTE HEURE?...
À D'AUTRES MAIS PAS À MOI, CRÉATURE DU DIABLE!...
TE LE PROUVER?! MAIS, PAPA ...
GRMBL! VOILÀ! T'ES CONTENT COMME ÇA?!
145
UN HOMME! J'APERÇOIS UN HOMME À MOINS DE DIX MÈTRES DE TOI... IL TE LANCE DES REGARDS LUBRIQUES! TU L'AS PROVOQUÉ, C'EST CELA, FILLE PERDUE!
C'EST LE SURVEILLANT, PAPA! SOUPIR
C'EST BON, MA PETITE ROSE DES SABLES! LA GAMINE EST BIEN AU LYCÉE! ON A TOUTE L'APRÈS-MIDI DEVANT NOUS...
CLAP
MUT!
HI, HI, TOI ALORS, MON GAZOU!

QUI C'EST ?
HEU... UN OEIL ?
PERDU ! C'EST UN MEXICAIN VU DU DESSUS !
ET LÀ, QUI C'EST ?
HEU...
... UNE BAUDRUCHE ?
NON ! UN MEXICAIN VU DU DESSUS QUI FAIT PIPI CONTRE UN MUR !
...
ET LÀ, QUI C'EST ?
UN MEXICAIN QUI... HEU...
NON ! C'EST TAMARA VUE DU DESSUS !
WARF ! WARF !
LOL !
129
ATTENDS ! J'EN AI IMAGINÉ PLEIN D'AUTRES : TAMARA VUE DU DESSUS SUR UN VÉLO... TAMARA CUISANT UN OEUF SUR LE PLAT...
QUI C'EST ?
AUCUNE IDÉE !

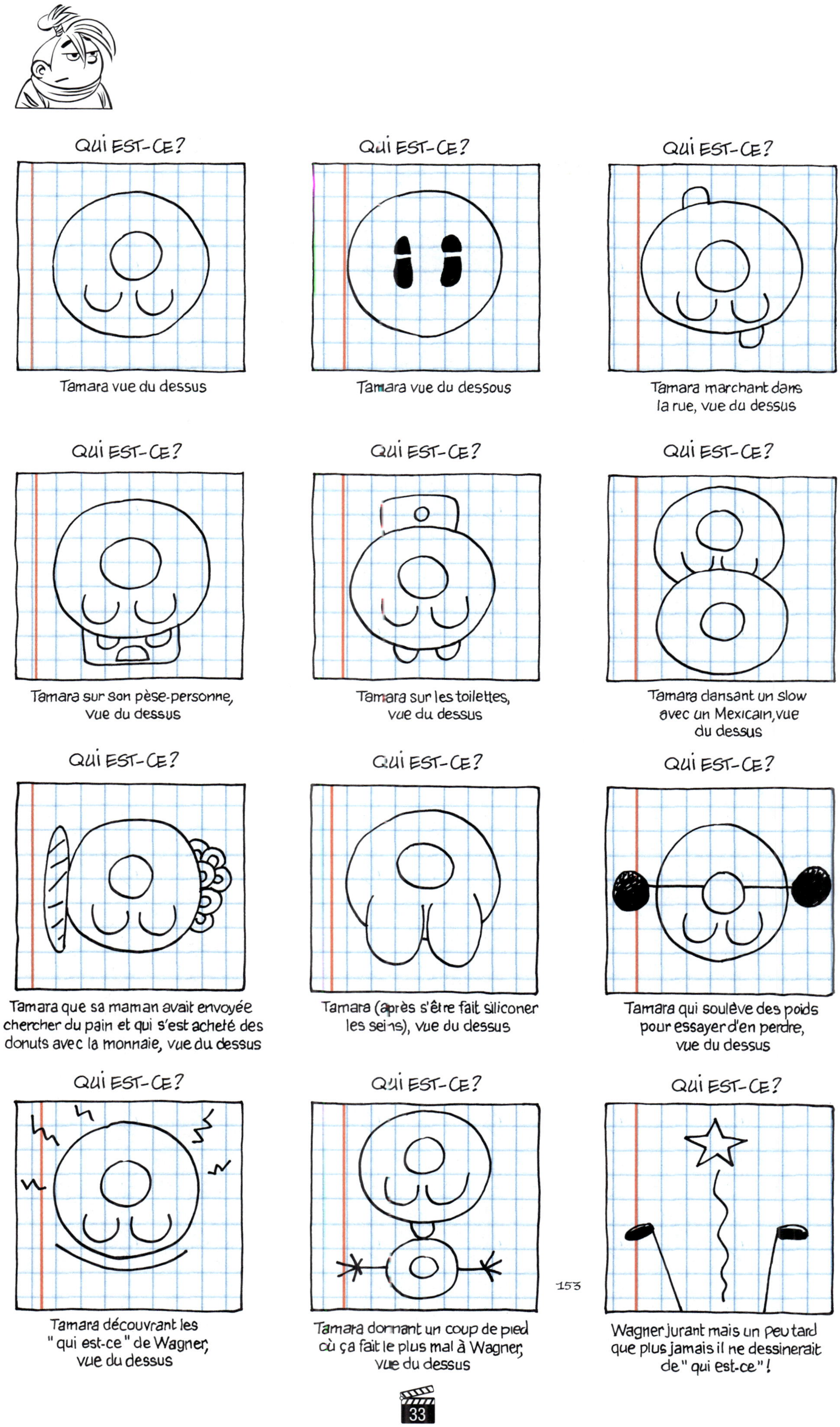
QUI EST-CE?
Tamara vue du dessus
QUI EST-CE?
Tamara vue du dessous
QUI EST-CE?
Tamara marchant dans la rue, vue du dessus
QUI EST-CE?
Tamara sur son pèse-personne, vue du dessus
QUI EST-CE?
Tamara sur les toilettes, vue du dessus
QUI EST-CE?
Tamara dansant un slow avec un Mexicain, vue du dessus
QUI EST-CE?
Tamara que sa maman avait envoyée chercher du pain et qui s'est acheté des donuts avec la monnaie, vue du dessus
QUI EST-CE?
Tamara (après s'être fait siliconer les seins), vue du dessus
QUI EST-CE?
Tamara qui soulève des poids pour essayer d'en perdre, vue du dessus
QUI EST-CE?
Tamara découvrant les " qui est-ce " de Wagner, vue du dessus
QUI EST-CE?
Tamara donnant un coup de pied où ça fait le plus mal à Wagner, vue du dessus
QUI EST-CE?
Wagner jurant mais un peu tard que plus jamais il ne dessinerait de " qui est-ce " !
33

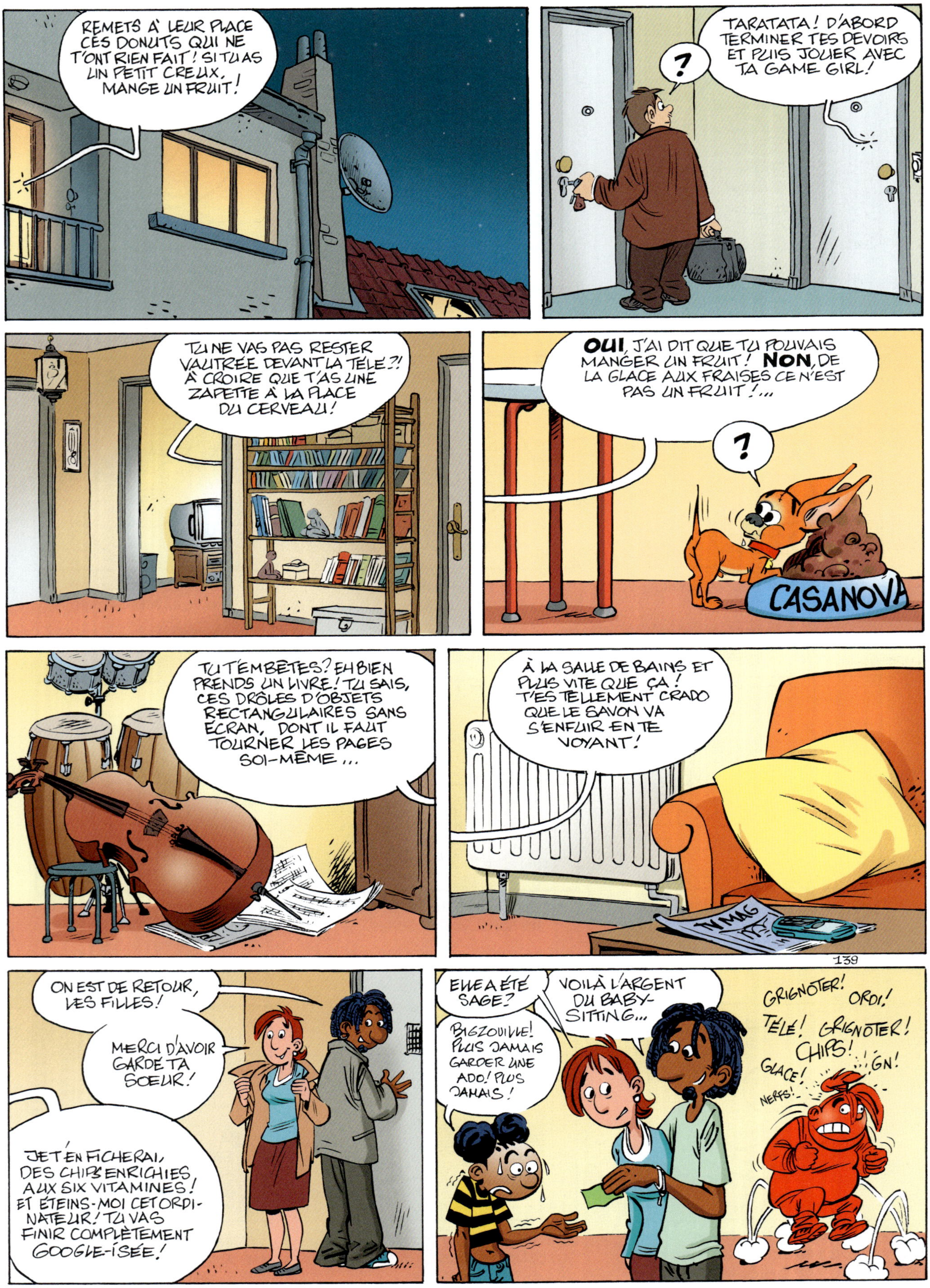
REMETS À LEUR PLACE CES DONUTS QUI NE T'ONT RIEN FAIT ! SI TU AS UN PETIT CREUX, MANGE UN FRUIT !
?
TARATATA ! D'ABORD TERMINER TES DEVOIRS ET PUIS JOUER AVEC TA GAME GIRL !
TU NE VAS PAS RESTER VAUTRÉE DEVANT LA TÉLÉ ?! À CROIRE QUE T'AS UNE ZAPETTE À LA PLACE DU CERVEAU !
OUI, J'AI DIT QUE TU POUVAIS MANGER UN FRUIT ! NON, DE LA GLACE AUX FRAISES CE N'EST PAS UN FRUIT !...
?
CASANOVA
TU T'EMBÊTES ? EH BIEN PRENDS UN LIVRE ! TU SAIS, CES DRÔLES D'OBJETS RECTANGULAIRES SANS ÉCRAN, DONT IL FAUT TOURNER LES PAGES SOI-MÊME...
À LA SALLE DE BAINS ET PLUS VITE QUE ÇA ! T'ES TELLEMENT CRADO QUE LE SAVON VA S'ENFUIR EN TE VOYANT !
TV MAG
139
ON EST DE RETOUR, LES FILLES !
MERCI D'AVOIR GARDÉ TA SOEUR !
JE T'EN FICHERAI, DES CHIPS ENRICHIES AUX SIX VITAMINES ! ET ÉTEINS-MOI CET ORDINATEUR ! TU VAS FINIR COMPLÈTEMENT GOOGLE-ISÉE !
ELLE A ÉTÉ SAGE ?
VOILÀ L'ARGENT DU BABY-SITTING...
BIGZOUILLE ! PLUS JAMAIS GARDER UNE ADO ! PLUS JAMAIS !
GRIGNOTER ! ORDI ! TÉLÉ ! GRIGNOTER ! CHIPS ! GLACE ! GN ! NERFS !

REMORDS ET SUICIDES
un film écrit, interprété et réalisé par michaël grave
rogne-cul et croque-noisettes au vatican
un film de lazlo kipetrovtchy
... TU NE PEUX NIER, GONTRAND, QUE L'ESSENCE MÊME DE TON EXISTENCE EST L'INDICIBLE EFFROI DE SON INSONDABLE INUTILITÉ...
CERTES!
C'EST JOLI ICI, HEIN, ROGNE-CUL?
OH OUI! DOMMAGE QU'IL N'Y AIT PAS BEAUCOUP DE FILLES EN BIKINI!
VOIS-TU, GONTRAND, QUAND JE DESCENDS LES POUBELLES, C'EST UN PEU DE MA VIE QUE JE DÉPOSE SUR LE TROTTOIR DE LEURS CERTITUDES...
CERTES!
MAIS, CROQUE-NOISETTES, TU NE PEUX PAS DEVENIR PAPE! TU NE CONNAIS MÊME PAS TON "JE VOUS SALUE, MARIE"...
ET LE PLAY-BACK? C'EST PAS FAIT POUR LES CHIENS!
188
UN CHEF-D'OEUVRE IMPÉRISSABLE! JAMAIS ON N'AVAIT SCRUTÉ AVEC AUTANT D'ACUITÉ LE TOURMENT OBSESSIONNEL DE L'ADOLESCENT FACE À L'ENNUI!...
MAGISTRAL!
ET VOUS, LES FILLES?
BOAFR! DÉLASSANT, SANS PLUS...
ROGNE-CUL ET CROQUE-NOISETTES À HOLLYWOOD ÉTAIT PLUS MARRANT!
interprété et réalisé par michaël grave

DEUX POUR LE PRIX D'UN!
ELLE EST BELLE, MA MAMAN! ELLE EST BELLE!
GRANDE BROCANTE AUX PARENTS!
À VENDRE PÈRE AYANT TRÈS PEU SERVI
IL AIME BIEN JOUER AU LEGO AVEC SES ENFANTS, CE PAPA?
NON! CE SERAIT PLUTÔT SON EGO QUI JOUE AVEC LUI...
À VENDRE PÈRE AYANT TRÈS PEU SERVI
ET IL EN CHANTERA, DES BERCEUSES POUR NOUS ENDORMIR?
TOUS LES SOIRS, MAIS J'ESPÈRE POUR TOI QUE TU AIMES LES "LIEDER POUR UNE ENFANT ECRASÉE PAR UN CAMION", DE SERGEÏ STOCKENSTRUMPFSKI.
POIGNANT!
HMMM, IL A BEAUCOUP DE PRESTANCE, TON PÈRE!
SI VOUS ÊTES DU GENRE BONNICHE QUI AIME ÊTRE HUMILIÉE EN PUBLIC... CET HOMME EST POUR VOUS!
SA PRINCIPALE QUALITÉ? HEUUU... ATTENDEZ VOIR... SON ABSENCE?...
181
PSSST, PETIT! COMBIEN TU DEMANDES POUR M'EN DEBARRASSER?!
?
À VENDRE A-DONNER PÈRE AYANT TRÈS PEU SERVI
AAAH, JELILAH! QUELLE CHANCE TU AS D'AVOIR UN PÈRE COMME LE TIEN...
?!

TAMARA M'A L'AIR TROP MAIGRE POUR SON ÂGE, DOCTEUR...
SES CAMARADES DE CLASSE L'ONT SURNOMMÉE "TAMARACHITIQUE"! C'EST VOUS DIRE...
ADMIS
PROSCRIT
Diplome
DOCTEUR KILOJOULE
MIAM!
GLUCIDES
LIPIDES
HMM... 15 KG À 7 ANS... CE N'EST PAS BEAUCOUP, EN EFFET...
VOTRE FILLE SOUFFRE DE SOUS-CHARGE PONDÉRALE! JE VAIS LUI PRESCRIRE UN RÉGIME DES PLUS STRICTS!
PROHIBEZ LES REPAS RÉGULIERS, FORCEZ-LA À GRIGNOTER LA PREMIÈRE COCHONNERIE VENUE À TOUTE HEURE DE LA JOURNÉE...
NI LÉGUMES, NI FRUITS, OU ALORS UNIQUEMENT SOUS FORME DE CRÈME GLACÉE ET SURTOUT, DE LA TÉLÉ! BEAUCOUP DE TÉLÉ! ...
CE SERAIT BIEN LE DIABLE SI AVEC TOUT ÇA, VOTRE FILLE NE SE REMPLUMAIT PAS QUELQUE PEU!
MERCI, DOCTEUR! AU REVOIR, DOCTEUR!
155
... QUI SAIT, SANS CE DIÉTÉTICIEN PEUT-ÊTRE SERAIS-TU AUSSI MAIGRICHONNE QU'À SEPT ANS...
DOCTEUR KILOJOULE, IL Y A LÀ UNE JEUNE FILLE QUI AIMERAIT VOUS EXPRIMER TOUTE SA GRATITUDE!...
UNE PATIENTE RECONNAISSANTE! LE SEUL SEL DE LA VIE DE DIÉTÉTICIEN QUI NE SOIT PAS PROSCRIT!...

LE PIRE JOUR D'ÉCOLE, C'EST LE JOUR DE PISCINE !
DEVOIR ME TAPER LES ETERNELLES VANNES DE WAGNER...
GARE AU TSUNAMI ! HIPPOPOTAMARA REGAGNE SON MARIGOT !
DEVOIR ME TAPER "LADY 30"
30 LONGUEURS DE CRAWL ! 30 DE BRASSE ! ET 30 DE PAPILLON !
M'DAME ! ON PEUT METTRE UNE BOUÉE, POUR NAGER ?
BIEN SÛR QUE NON, WAGNER !
ALORS POURQUOI TAMARA ELLE PEUT, ELLE ?! C'EST PAS JUSTE !
JE LE HAIS ! HOOO ! COMME JE LE HAIS !
DEVOIR ME TAPER CES INTERMINABLES LONGUEURS !
MAINTENANT QUE L'ÉCHAUFFEMENT EST TERMINÉ, ON PEUT PASSER À L'ENTRAÎNEMENT ! 30 LONGUEURS AVEC PLANCHE, 30 AVEC PALMES, 30 AVEC...
RHAAA NON !
PITIÉ !
GLFN
217
EH BIEN, TAM' ? QU'EST-CE QUE TU ATTENDS POUR TE CHANGER ?
...MAIS LE PLUS DÉPRIMANT, C'EST DEVOIR ME TAPER LE SPECTACLE DE LA SUPERBE ANATOMIE DES AUTRES DE LA CLASSE !...

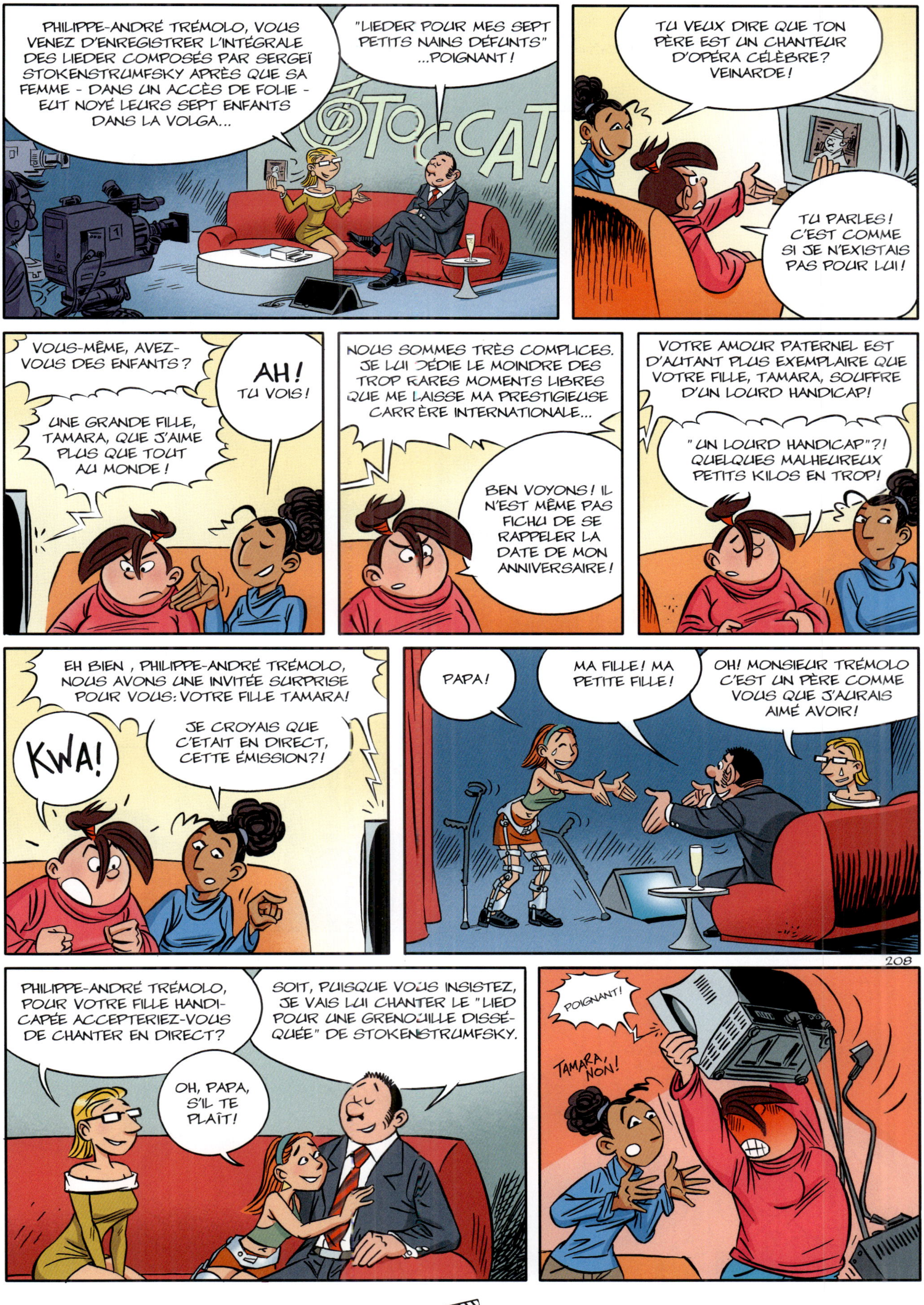

PHILIPPE-ANDRÉ TRÉMOLO, VOUS VENEZ D'ENREGISTRER L'INTÉGRALE DES LIEDER COMPOSÉS PAR SERGEÏ STOKENSTRUMFSKY APRÈS QUE SA FEMME - DANS UN ACCÈS DE FOLIE - EUT NOYÉ LEURS SEPT ENFANTS DANS LA VOLGA...
"LIEDER POUR MES SEPT PETITS NAINS DÉFUNTS" ...POIGNANT !
TOCCATI
TU VEUX DIRE QUE TON PÈRE EST UN CHANTEUR D'OPÉRA CÉLÈBRE? VEINARDE !
TU PARLES ! C'EST COMME SI JE N'EXISTAIS PAS POUR LUI !
VOUS-MÊME, AVEZ-VOUS DES ENFANTS ?
UNE GRANDE FILLE, TAMARA, QUE J'AIME PLUS QUE TOUT AU MONDE !
AH ! TU VOIS !
NOUS SOMMES TRÈS COMPLICES. JE LUI DÉDIE LE MOINDRE DES TROP RARES MOMENTS LIBRES QUE ME LAISSE MA PRESTIGIEUSE CARRIÈRE INTERNATIONALE...
BEN VOYONS ! IL N'EST MÊME PAS FICHU DE SE RAPPELER LA DATE DE MON ANNIVERSAIRE !
VOTRE AMOUR PATERNEL EST D'AUTANT PLUS EXEMPLAIRE QUE VOTRE FILLE, TAMARA, SOUFFRE D'UN LOURD HANDICAP !
"UN LOURD HANDICAP"?! QUELQUES MALHEUREUX PETITS KILOS EN TROP !
EH BIEN , PHILIPPE-ANDRÉ TRÉMOLO, NOUS AVONS UNE INVITÉE SURPRISE POUR VOUS: VOTRE FILLE TAMARA !
KWA !
JE CROYAIS QUE C'ETAIT EN DIRECT, CETTE ÉMISSION?!
PAPA !
MA FILLE ! MA PETITE FILLE !
OH! MONSIEUR TRÉMOLO C'EST UN PÈRE COMME VOUS QUE J'AURAIS AIMÉ AVOIR !
208
PHILIPPE-ANDRÉ TRÉMOLO, POUR VOTRE FILLE HANDI-CAPÉE ACCEPTERIEZ-VOUS DE CHANTER EN DIRECT?
SOIT, PUISQUE VOUS INSISTEZ, JE VAIS LUI CHANTER LE "LIED POUR UNE GRENOUILLE DISSÉ-QUÉE" DE STOKENSTRUMFSKY.
OH, PAPA, S'IL TE PLAÎT !
POIGNANT !
TAMARA, NON !

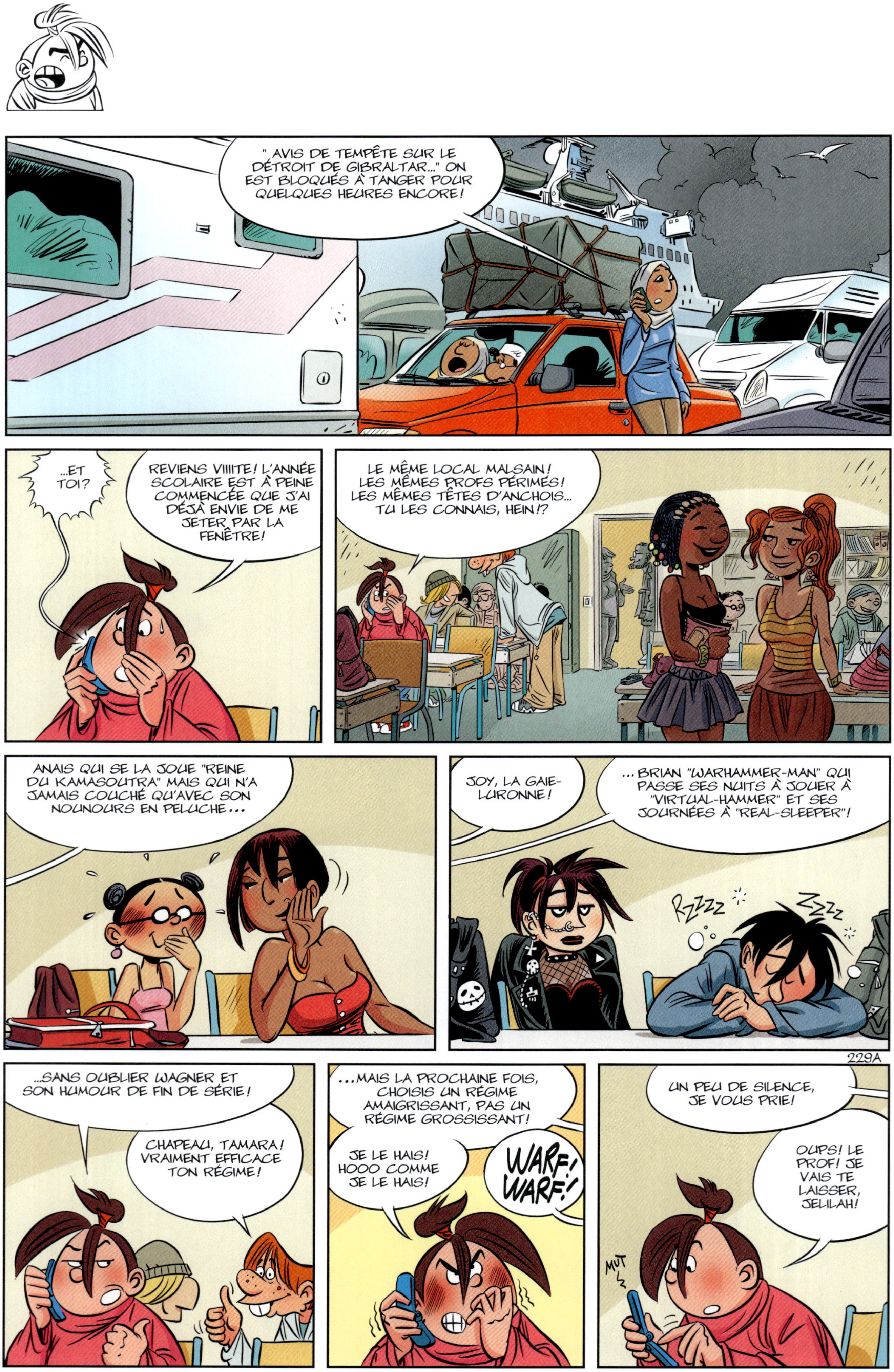
" AVIS DE TEMPÊTE SUR LE DÉTROIT DE GIBRALTAR..." ON EST BLOQUÉS À TANGER POUR QUELQUES HEURES ENCORE!
...ET TOI?
REVIENS VIIIITE! L'ANNÉE SCOLAIRE EST À PEINE COMMENCÉE QUE J'AI DÉJÀ ENVIE DE ME JETER PAR LA FENÊTRE!
LE MÊME LOCAL MALSAIN! LES MÊMES PROFS PÉRIMÉS! LES MÊMES TÊTES D'ANCHOIS... TU LES CONNAIS, HEIN!?
ANAIS QUI SE LA JOUE "REINE DU KAMASOUTRA" MAIS QUI N'A JAMAIS COUCHÉ QU'AVEC SON NOUNOURS EN PELUCHE...
JOY, LA GAIE-LURONNE!
... BRIAN "WARHAMMER-MAN" QUI PASSE SES NUITS À JOUER À "VIRTUAL-HAMMER" ET SES JOURNÉES À "REAL-SLEEPER"!
RZZZZ
ZZZZ
229A
...SANS OUBLIER WAGNER ET SON HUMOUR DE FIN DE SÉRIE!
CHAPEAU, TAMARA! VRAIMENT EFFICACE TON RÉGIME!
... MAIS LA PROCHAINE FOIS, CHOISIS UN RÉGIME AMAIGRISSANT, PAS UN RÉGIME GROSSISSANT!
JE LE HAIS! HOOO COMME JE LE HAIS!
WARF! WARF!
UN PEU DE SILENCE, JE VOUS PRIE!
OUPS! LE PROF! JE VAIS TE LAISSER, JELILAH!
MUT

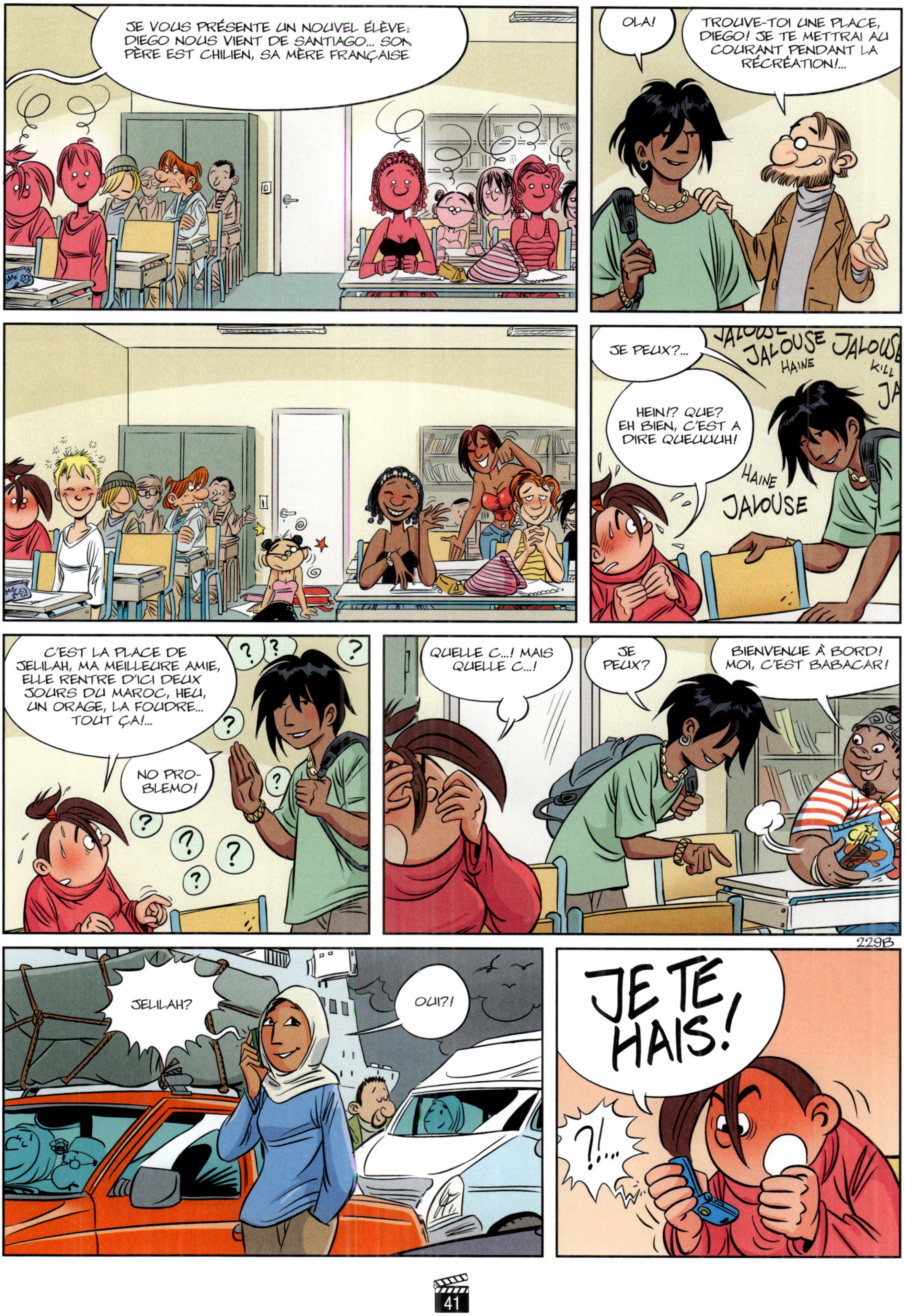
JE VOUS PRÉSENTE UN NOUVEL ÉLÈVE. DIEGO NOUS VIENT DE SANTIAGO... SON PÈRE EST CHILIEN, SA MÈRE FRANÇAISE
OLA!
TROUVE-TOI UNE PLACE, DIEGO! JE TE METTRAI AU COURANT PENDANT LA RÉCRÉATION!...
JE PEUX?...
JALOUSE JALOUSE JALOUSE HAINE KILL JA
HEIN!? QUE? EH BIEN, C'EST A DIRE QUEUUUH!
HAINE JALOUSE
C'EST LA PLACE DE JELILAH, MA MEILLEURE AMIE, ELLE RENTRE D'ICI DEUX JOURS DU MAROC, HEU, UN ORAGE, LA FOUDRE... TOUT ÇA!...
NO PRO-BLEMO!
QUELLE C...! MAIS QUELLE C...!
JE PEUX?
BIENVENUE À BORD! MOI, C'EST BABACAR!
JELILAH?
OUI?!
JE TE HAIS!
?!...

C'EST LUI!
LE NOUVEAU?! MAIS TOUTES LES FILLES SONT AMOUREUSES DU NOUVEAU!
OUI MAIS MOI, SI JE CRAQUE POUR DIEGO, C'EST PAS PARCE QU'IL EST MIAM-MIOUM ET QU'IL A UN BEAU PETIT... HM
ENFIN, PAS SEULEMENT...
BEN TIENS!... ET POURQUOI, ALORS?
PARCE QUE D'APRÈS MON BOUQUIN, "DIEGO EST LE PRÉNOM IDÉAL POUR LES TAMARA!"
GASNUKSTROUK AUSSI, MAIS JE PRÉFÈRE DIEGO...
QU'EST-CE QUE C'EST QUE CET ATTRAPE-NIGAUD!?
L'AMOUR PAR LES PRÉNOMS
"CHOISISSEZ VOTRE COUPLE EN FONCTION DE VOS PRÉNOMS"
C'EST NUMÉRO UN DES VENTES AUX ÉTATS-UNIS!
THE BIG REFERENCE!
VOUS VOUS APPELEZ "JULIETTE"? VOTRE PRÉNOM DE PRÉDILECTION SERA DONC - RRRRROULEMENTS DE TAMBOURRRS - "ROMÉO"! QUI L'EÛT CRU?
N'EMPÊCHE, C'EST GRÂCE À CE BOUQUIN QUE MISS AMERICA A RENCONTRÉ L'HOMME DE SA VIE, QUI N'EST AUTRE QUE L'ÉDITEUR DE CE LIVRE!
VOYONS VOIR AVEC QUELS PRÉNOMS JE FAIS LA PAIRE, MOI...
MOHAMED? ABDUL? MOKTAR?...
230
?!
?!
vous vous appelez Jelilah? votre prénom idéal est: Diego.
?
CE BOUQUIN N'EST QU'UN RAMASSIS D'INEPTIES SANS NOM!

LE JOUR OÙ VOUS COMPRENEZ QUE VOUS PORTEZ LA VIE.
ENCEINTE!? MAIS... ET MOI?! ET MA CARRIÈRE?!
LE JOUR OÙ VOUS DEVENEZ MAMAN POUR DE BON.
ELLE N'A PAS GRAND APPÉTIT!
TANT MIEUX! ELLE NOUS COÛTERA MOINS CHER!
LE JOUR OÙ, POUR LA PREMIÈRE FOIS, VOTRE FILLE PRONONCE LE PLUS BEAU MOT QUI SOIT.
MA-MAN...
LE JOUR OÙ VOTRE FILLE DEVIENT LA PRINCIPALE RAISON DE VOUS BATTRE!
C'EST CELA! QUITTE-MOI, INGRATE! COMME ÇA, MON IMMENSE TALENT NE TE FERA PLUS D'OMBRE!
LE JOUR OÙ, VOTRE FILLE PARTIE EN WEEK-END CHEZ SON PÈRE, VOUS VOUS RETROUVEZ SEULE, SANS REPÈRES, ÉGARÉE.
PLUS QUE 37 HEURES ET ELLE SERA DE RETOUR!
LE JOUR OÙ VOTRE FILLE DEVIENT UNE PETITE FEMME.
ON VA PLUTÔT COMMENCER PAR CETTE TAILLE-CI!
232
ET PUIS, IL Y A CE JOUR BÉNI OÙ VOUS DÉCOUVREZ QUE, POUR LA PREMIÈRE FOIS, VOTRE FILLE EST A-MOU-REU-SE!
DIEG❤
DIEG❤
?!
DIEG❤
DIEG❤
DIEG❤
ALORS, CE JOUR-LÀ, VRAIMENT VOUS POURREZ DIRE...
MERCI LA VIE!
À SUIVRE, BIEN SÛR!

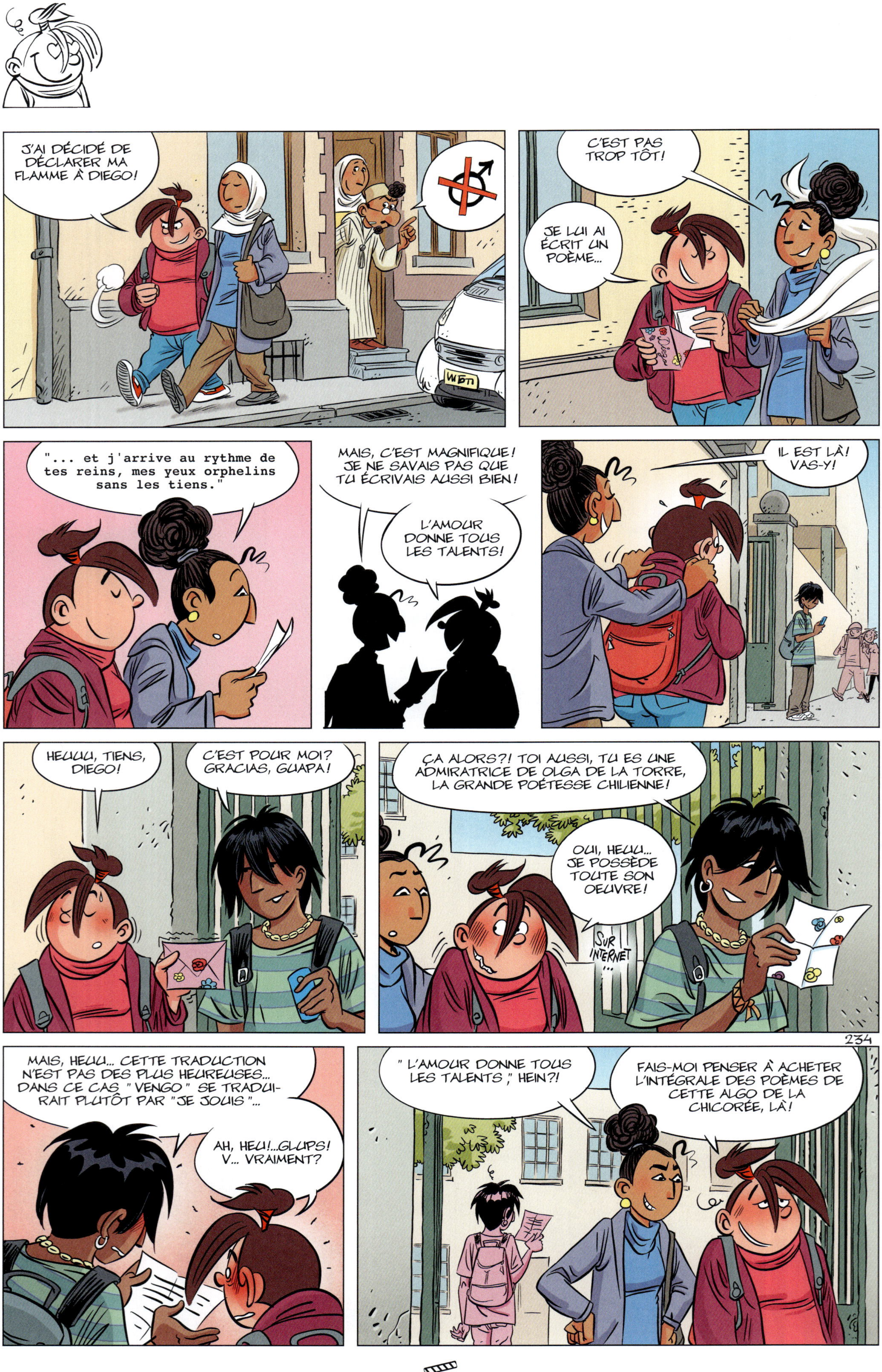
J'AI DÉCIDÉ DE DÉCLARER MA FLAMME À DIEGO!
C'EST PAS TROP TÔT!
JE LUI AI ÉCRIT UN POÈME...
"... et j'arrive au rythme de tes reins, mes yeux orphelins sans les tiens."
MAIS, C'EST MAGNIFIQUE! JE NE SAVAIS PAS QUE TU ÉCRIVAIS AUSSI BIEN!
L'AMOUR DONNE TOUS LES TALENTS!
IL EST LÀ! VAS-Y!
HEUUU, TIENS, DIEGO!
C'EST POUR MOI? GRACIAS, GUAPA!
ÇA ALORS?! TOI AUSSI, TU ES UNE ADMIRATRICE DE OLGA DE LA TORRE, LA GRANDE POÉTESSE CHILIENNE!
OUI, HEUU... JE POSSÈDE TOUTE SON OEUVRE!
SUR INTERNET...
MAIS, HEUU... CETTE TRADUCTION N'EST PAS DES PLUS HEUREUSES... DANS CE CAS "VENGO" SE TRADUIRAIT PLUTÔT PAR "JE JOUIS"...
AH, HEU!...GLUPS! V... VRAIMENT?
"L'AMOUR DONNE TOUS LES TALENTS," HEIN?!
FAIS-MOI PENSER À ACHETER L'INTÉGRALE DES POÈMES DE CETTE ALGO DE LA CHICORÉE, LÀ!

MON BEAU SAPIN, ROI DES FORÊTS, QUE J'AIME TA PARUUURE!
GAUF' AU SUK'
236
JE NE CONNAIS PAS CE MEC ET IL ME GONFLE DÉJÀ!
PLOP!

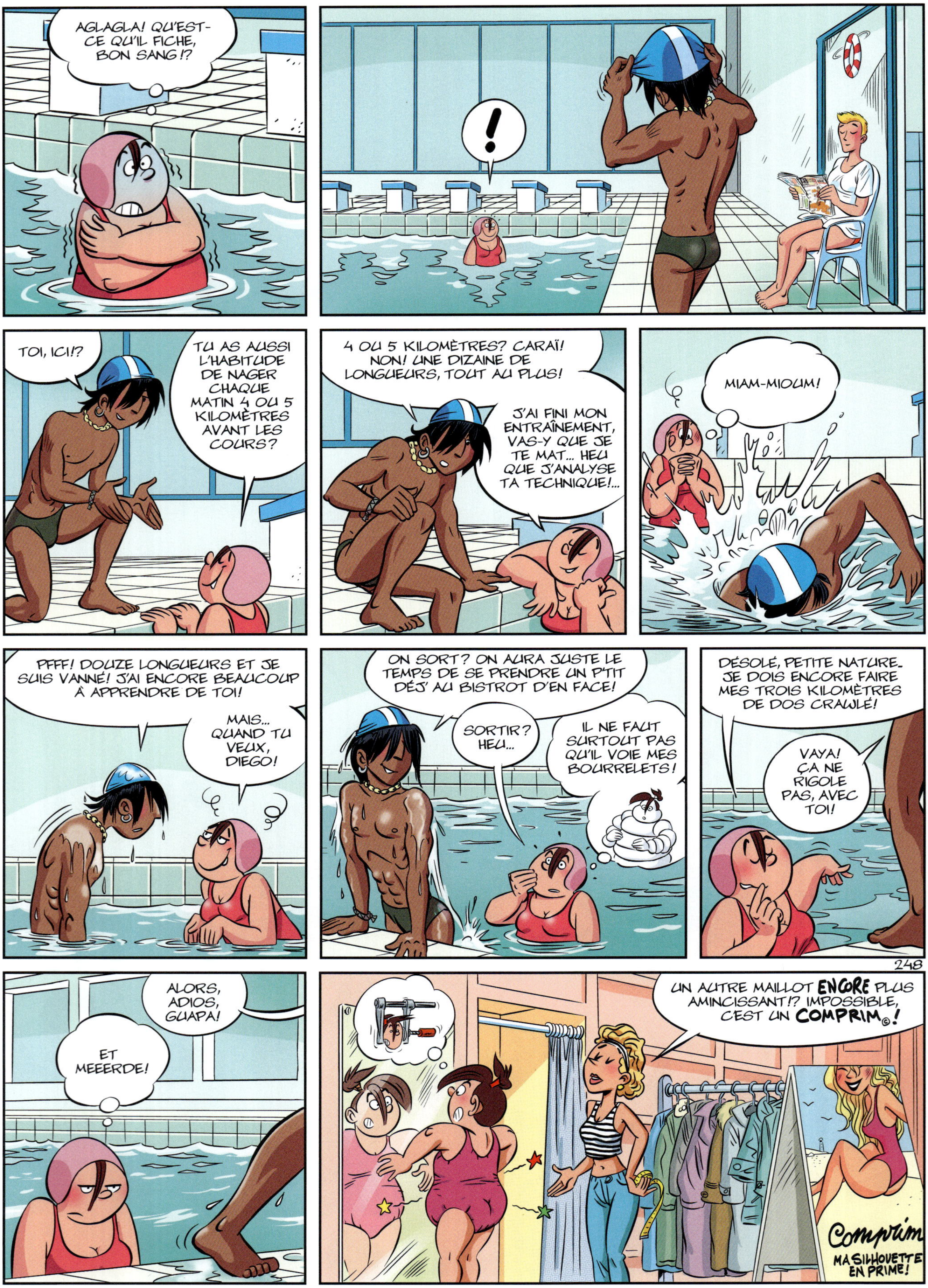
AGLAGLA! QU'EST-CE QU'IL FICHE, BON SANG!?
!
TOI, ICI!?
TU AS AUSSI L'HABITUDE DE NAGER CHAQUE MATIN 4 OU 5 KILOMÈTRES AVANT LES COURS?
4 OU 5 KILOMÈTRES? CARAÏ! NON! UNE DIZAINE DE LONGUEURS, TOUT AU PLUS!
J'AI FINI MON ENTRAÎNEMENT, VAS-Y QUE JE TE MAT... HEU QUE J'ANALYSE TA TECHNIQUE!...
MIAM-MIOUM!
PFFF! DOUZE LONGUEURS ET JE SUIS VANNÉ! J'AI ENCORE BEAUCOUP À APPRENDRE DE TOI!
MAIS... QUAND TU VEUX, DIEGO!
ON SORT? ON AURA JUSTE LE TEMPS DE SE PRENDRE UN P'TIT DÉJ' AU BISTROT D'EN FACE!
SORTIR? HEU...
IL NE FAUT SURTOUT PAS QU'IL VOIE MES BOURRELETS!
DÉSOLÉ, PETITE NATURE. JE DOIS ENCORE FAIRE MES TROIS KILOMÈTRES DE DOS CRAWLÉ!
VAYA! ÇA NE RIGOLE PAS, AVEC TOI!
248
ALORS, ADIOS, GUAPA!
ET MEEERDE!
UN AUTRE MAILLOT ENCORE PLUS AMINCISSANT!? IMPOSSIBLE, C'EST UN COMPRIM©!
Comprim
MA SILHOUETTE EN PRIME!

?
LE KAMASOUTRA POUR LES NULS
250
HEU... PEUT-ÊTRE NE DEVRIEZ-VOUS PAS RESTER DEVANT CETTE FENÊTRE !...
?

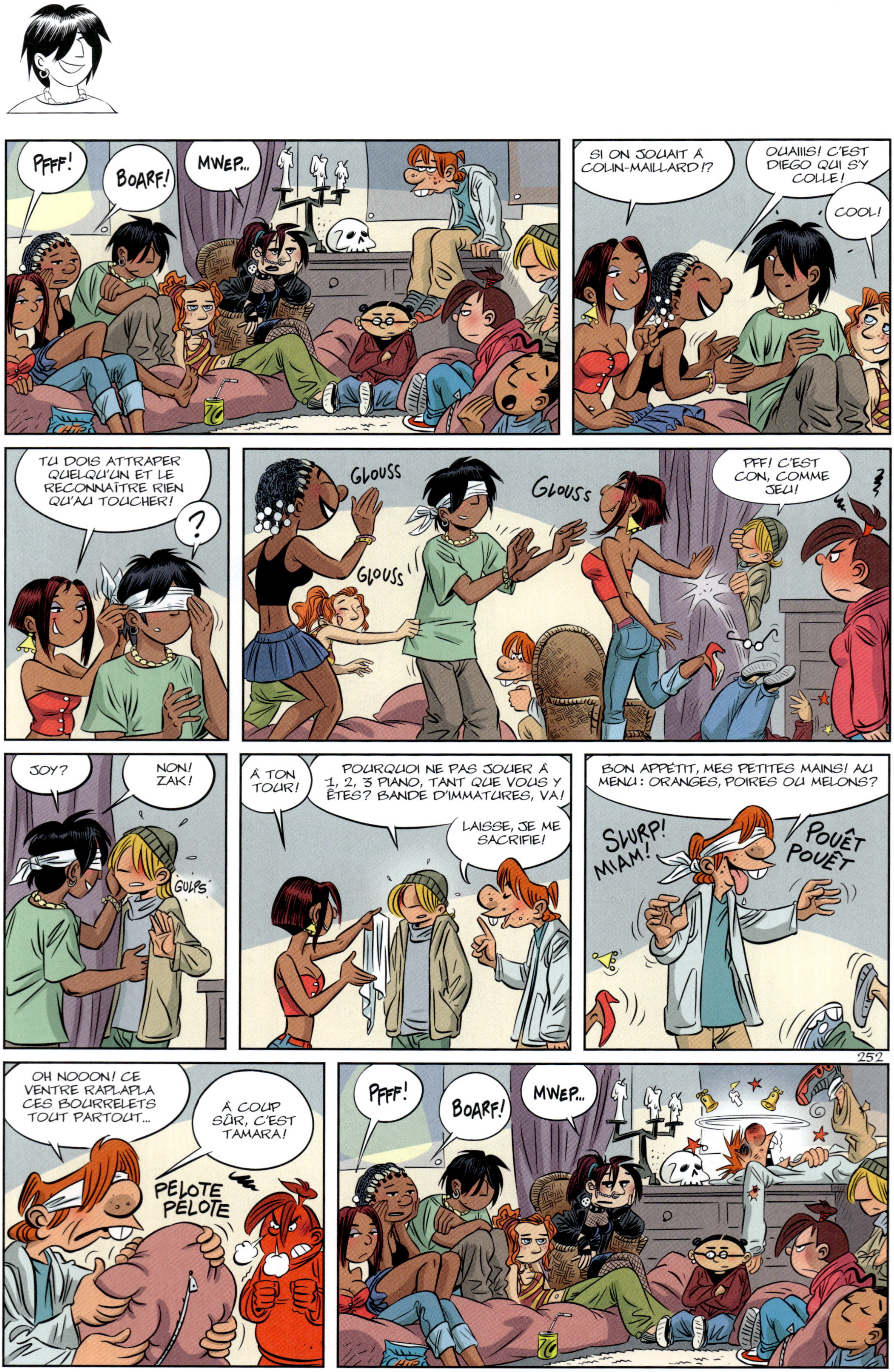
PFFF!
BOARF!
MWEP...
SI ON JOUAIT À COLIN-MAILLARD !?
OUAIIIS! C'EST DIEGO QUI S'Y COLLE!
COOL!
TU DOIS ATTRAPER QUELQU'UN ET LE RECONNAÎTRE RIEN QU'AU TOUCHER!
?
GLOUSS
GLOUSS
GLOUSS
PFF! C'EST CON, COMME JEU!
JOY?
NON! ZAK!
GULPS
À TON TOUR!
POURQUOI NE PAS JOUER À 1, 2, 3 PIANO, TANT QUE VOUS Y ÊTES? BANDE D'IMMATURES, VA!
LAISSE, JE ME SACRIFIE!
BON APPÉTIT, MES PETITES MAINS! AU MENU : ORANGES, POIRES OU MELONS?
SLURP! MIAM!
POUÊT POUÊT
252
OH NOOON! CE VENTRE RAPLAPLA CES BOURRELETS TOUT PARTOUT...
À COUP SÛR, C'EST TAMARA!
PELOTE PELOTE
PFFF!
BOARF!
MWEP...

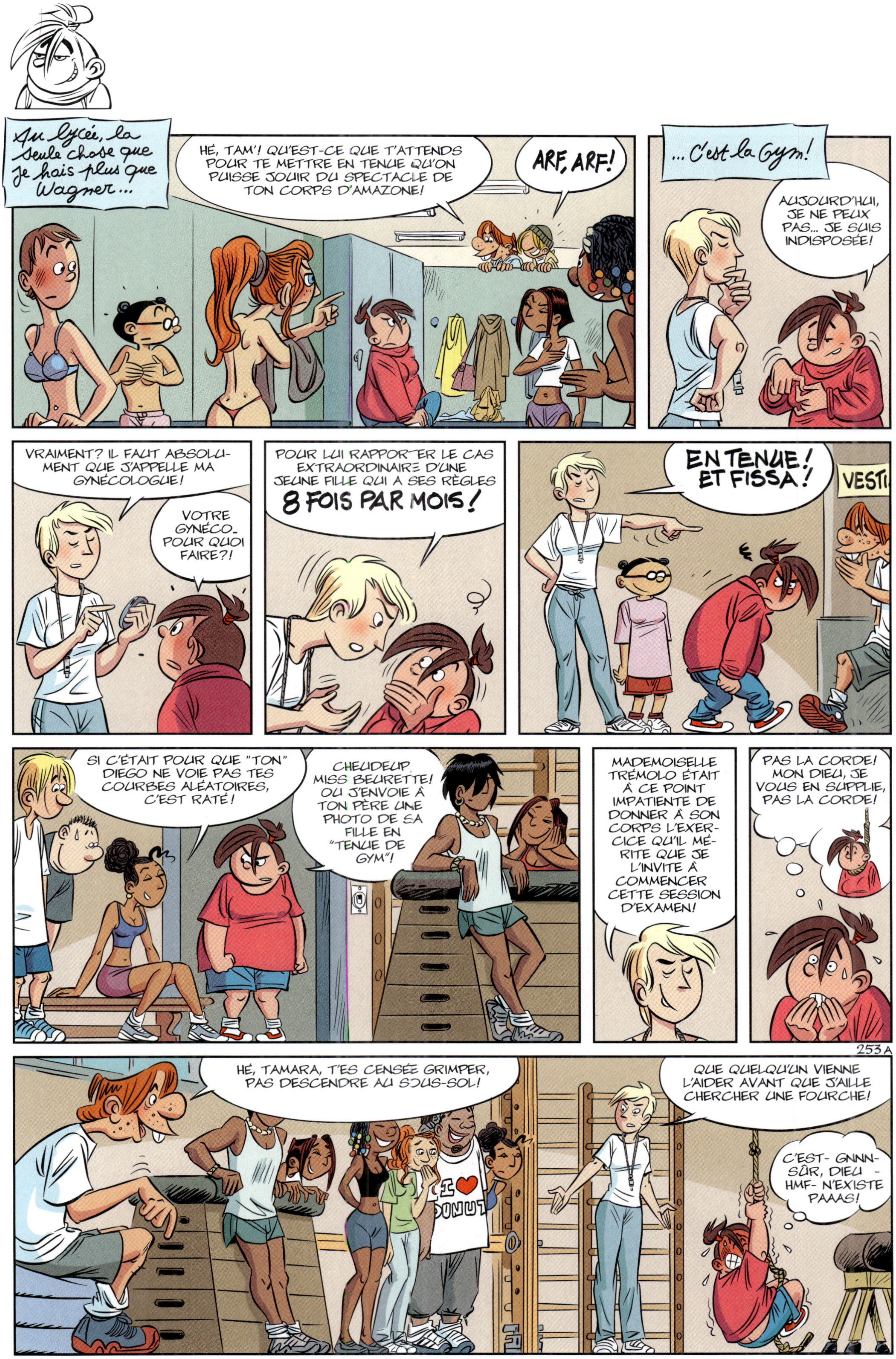
Au lycée, la seule chose que je hais plus que Wagner...
HÉ, TAM! QU'EST-CE QUE T'ATTENDS POUR TE METTRE EN TENUE QU'ON PUISSE JOUIR DU SPECTACLE DE TON CORPS D'AMAZONE!
ARF, ARF!
... C'est la Gym!
AUJOURD'HUI, JE NE PEUX PAS... JE SUIS INDISPOSÉE!
VRAIMENT? IL FAUT ABSOLUMENT QUE J'APPELLE MA GYNÉCOLOGUE!
VOTRE GYNÉCO. POUR QUOI FAIRE?!
POUR LUI RAPPORTER LE CAS EXTRAORDINAIRE D'UNE JEUNE FILLE QUI A SES RÈGLES 8 FOIS PAR MOIS!
EN TENUE! ET FISSA!
VESTI
SI C'ÉTAIT POUR QUE "TON" DIEGO NE VOIE PAS TES COURBES ALÉATOIRES, C'EST RATÉ!
CHEUDEUP MISS BEURETTE! OU J'ENVOIE À TON PÈRE UNE PHOTO DE SA FILLE EN "TENUE DE GYM"!
MADEMOISELLE TRÉMOLO ÉTAIT À CE POINT IMPATIENTE DE DONNER À SON CORPS L'EXERCICE QU'IL MÉRITE QUE JE L'INVITE À COMMENCER CETTE SESSION D'EXAMEN!
PAS LA CORDE! MON DIEU, JE VOUS EN SUPPLIE, PAS LA CORDE!
253 A
HÉ, TAMARA, T'ES CENSÉE GRIMPER, PAS DESCENDRE AU SOUS-SOL!
QUE QUELQU'UN VIENNE L'AIDER AVANT QUE J'AILLE CHERCHER UNE FOURCHE!
I ♥ DONUT
C'EST- GNNN- SÛR, DIEU - HMF- N'EXISTE PAAAS!

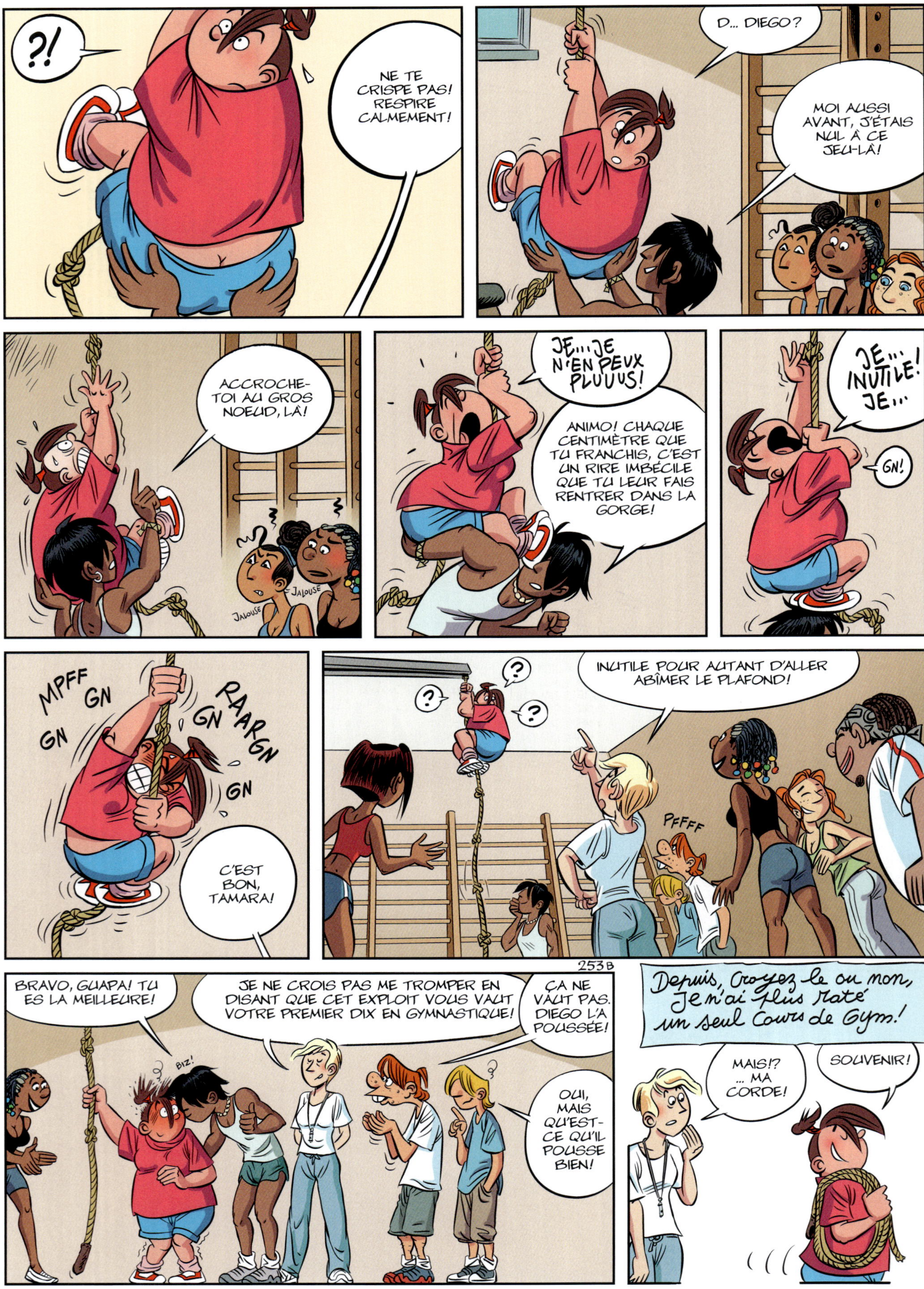
?!
NE TE CRISPE PAS! RESPIRE CALMEMENT!
D... DIEGO?
MOI AUSSI AVANT, J'ÉTAIS NUL À CE JEU-LÀ!
ACCROCHE-TOI AU GROS NOEUD, LÀ!
JALOUSE
JALOUSE
JE... JE N'EN PEUX PLUUUS!
ANIMO! CHAQUE CENTIMÈTRE QUE TU FRANCHIS, C'EST UN RIRE IMBÉCILE QUE TU LEUR FAIS RENTRER DANS LA GORGE!
JE... INUTILE! JE...
GN!
MPFF
GN
GN
GN
RAARGN
GN
C'EST BON, TAMARA!
INUTILE POUR AUTANT D'ALLER ABÎMER LE PLAFOND!
PFFFF
253 B
BRAVO, GUAPA! TU ES LA MEILLEURE!
BIZ!
JE NE CROIS PAS ME TROMPER EN DISANT QUE CET EXPLOIT VOUS VAUT VOTRE PREMIER DIX EN GYMNASTIQUE!
ÇA NE VAUT PAS. DIEGO L'A POUSSÉE!
OUI, MAIS QU'EST-CE QU'IL POUSSE BIEN!
Depuis, Croyez le ou non, Je n'ai plus raté un seul Cours de Gym!
MAIS!? ... MA CORDE!
SOUVENIR!

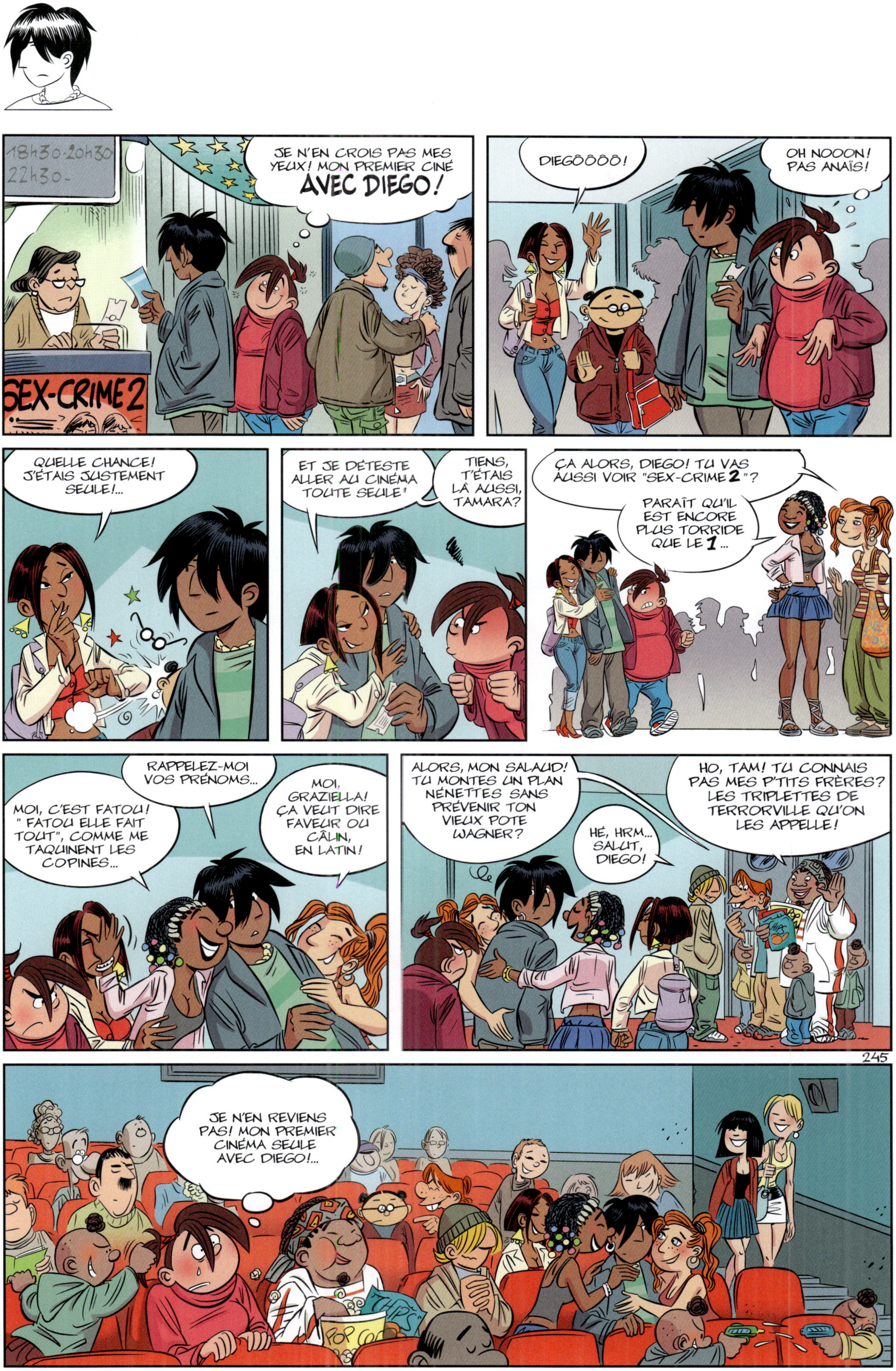
18h30-20h30
22h30-
JE N'EN CROIS PAS MES YEUX! MON PREMIER CINÉ AVEC DIEGO!
SEX-CRIME 2
DIEGÔÔÔÔ!
OH NOOON! PAS ANAÏS!
QUELLE CHANCE! J'ÉTAIS JUSTEMENT SEULE!...
ET JE DÉTESTE ALLER AU CINÉMA TOUTE SEULE!
TIENS, T'ÉTAIS LÀ AUSSI, TAMARA?
ÇA ALORS, DIEGO! TU VAS AUSSI VOIR "SEX-CRIME 2"?
PARAÎT QU'IL EST ENCORE PLUS TORRIDE QUE LE 1...
RAPPELEZ-MOI VOS PRÉNOMS...
MOI, C'EST FATOU! "FATOU ELLE FAIT TOUT", COMME ME TAQUINENT LES COPINES...
MOI, GRAZIELLA! ÇA VEUT DIRE FAVEUR OU CÂLIN, EN LATIN!
ALORS, MON SALAUD! TU MONTES UN PLAN NÉNETTES SANS PRÉVENIR TON VIEUX POTE WAGNER?
HÉ, HRM... SALUT, DIEGO!
HO, TAM! TU CONNAIS PAS MES P'TITS FRÈRES? LES TRIPLETTES DE TERRORVILLE QU'ON LES APPELLE!
245
JE N'EN REVIENS PAS! MON PREMIER CINÉMA SEULE AVEC DIEGO!...
POP CO

UNE PETITE SALLE DE BANLIEUE POUR CINÉPHILES... UN VIEUX FILM MUET EN NOIR ET BLANC... CETTE FOIS, PERSONNE NE GÂCHERA MA SOIRÉE CINÉ AVEC...
DIEGÔÔÔ!
NOSFERATU
MURNAU
CINE FIL
HEU... BUENAS NOCHES, JOY.
TOI AUSSI, T'AIMES TROP L'EXPRESSIONNISME ALLEMAND?
JE DONNE MA 17E HÉMORROÏDE À COUPER QUE CE GAILLARD-LÀ NE VIENT PAS POUR LE FILM!
ASSIEDS-TOI PLUTÔT ICI, TAMARA! CE FAUTEUIL NE M'A PAS L'AIR DES PLUS SOLIDES!
GRRRR!
RRZZZ
JE SUIS UNE VRAIE TROUILLARDE! ÇA NE T'EMBÊTE PAS SI JE ME BLOTTIS CONTRE TOI QUAND ÇA DEVIENT TROP EFFRAYANT?
LÀ, JE TOUCHE LE FOND! QUE POURRAIT-IL M'ARRIVER DE PIRE?
HEU...
RRRZFLLL
RRP
BLBLRR
YERK
?
BOUF
MINCE! ELLE A ÉTÉ PLUS RAPIDE QUE MOI!...
G
MES... TU M' ÉCRABOUILLES LES...
MAL!
TRÈS!
246
JE LE SAVAIS! VOULEZ-VOUS BIEN CESSER D'IMPORTUNER CETTE INNOCENTE JEUNE FILLE!? COCHON!
OBSÉDÉ!
PERVERS!
JEUNE!
J'ÉTAIS SUR SES GENOUX ET IL NE M'A PAS REPOUSSÉE! SE POURRAIT-IL QUE...?

UN CHAGRIN D'AMOUR... SON PREMIER! TU DEVRAIS LUI PARLER UN PEU!
LUI PARLER?! MAIS JE LUI AI ENCORE PARLÉ CINQ LONGUES MINUTES L'ÉTÉ DERNIER...
SI ELLE A BESOIN DE LA VOIX RASSURANTE DE SON PÈRE, QU'ELLE ÉCOUTE MON DERNIER ENREGISTREMENT... "CHANTS APHONIQUES" DE SERGEÏ STOKENSTRUMFSKI...
POIGNANT!
TU ES VRAIMENT INCURABLE! JE TE PARLE DE TA FILLE QUI EST AU PLUS MAL ET TOI, TU RAMÈNES TOUT À TOI! ÉGOCENTRIQUE!
ÉGOCENTRIQUE? PARCE QUE PARTAGER MON ART DEVANT UNE SALLE QUI SE LÈVE POUR M'OVATIONNER, C'EST ÉGOCENTRIQUE, PEUT-ÊTRE?!
BON! PASSE-LA MOI!
OOOH, PAPA! DIEGO EST SI BEAU, SI INTELLIGENT SI... DIEGO, QUOI! ET MOI, JE NE SUIS QU'UNE GROSSE BOUSE DE VACHE MÊME PAS DIGNE QU'IL ME PIÉTINE!
TU AS MILLE FOIS RAISON, MA CHÉRIE!
FUIS L'AMOUR COMME LA PESTE! C'EST DANS LE MALHEUR QUE LES GRANDS GÉNIES ONT ENGENDRÉ LEURS PLUS BEAUX CHEFS-D'OEUVRE!
TIENS! PRENDS "ADOLPH ET SARAH", PAR EXEMPLE, LE SUBLIME OPÉRA DE SERGEÏ STOCKENSTRUMFSKI QUI CONTE L'AMOUR IMPOSSIBLE ENTRE UN DIRIGEANT POLITIQUE ALLEMAND ET UNE BEAUTÉ JUIVE!
POIGNANT!
VAUTRE-TOI DANS TON CHAGRIN! FAIS DE LA SOLITUDE TON UNIQUE COMPAGNE! ABREUVE-TOI DE TES LARMES! NOURRIS-TOI DE TA DOULEUR!
254
QUE TA VIE SOIT UNE LONGUE ET TRAGIQUE OEUVRE LYRIQUE!
À NOUS DEUX, DIEGO!
MÊME S'IL M'EN COÛTE, JE DOIS RECONNAÎTRE QUE SON PÈRE A SU TROUVER LES MOTS POUR LUI REMONTER LE MORAL!

UN MESSAGE POUR TOI DE LA PART DE DIEGO.
DE DIEGO?
PAS POUR TOI, PATATE, POUR JELILAH!
POUR JELILAH?!
Ça te dit d'aller à la foire, ce soir? Jelilah
De Acuerdo Diego
BRISEUSE DE COUPLES!
DE "COUPLES"?
DEPUIS QUAND DIEGO ET TOI VOUS SORTEZ ENSEMBLE?
HEU... CE N'EST PLUS QU'UNE QUESTION DE JOURS... VOIRE DE SEMAINES!
AH OUI? EH BIEN EN ATTENDANT, JE VAIS ME SACRIFIER ET JOUER LE LOT DE CONSOLATION DE CE PAUVRE GARÇON QUI SE LANGUIT EN T'ATTENDANT...
JE... TU... JE DIRAI TOUT À TES PARENTS!
TU AURAS DU MAL, ILS SONT AU MAROC AU CHEVET DE MA GRAND-MÈRE MOURANTE...
259
ON AURAIT PEUT-ÊTRE PU INVITER TAMARA...
TAMARA? CE N'EST PAS LE GENRE DE FILLE À S'IMPOSER...
UNE AMIE, UNE VRAIE!

TES PARENTS SONT TOUJOURS AU MAROC, AUPRÈS DE TA GRAND-MÈRE MOURANTE ?...
COMME TU VOIS !
ET MON NIGAUD DE PÈRE CROIT QUE JE DORS CHEZ TAMARA, LA "VERTUEUSE"...
GWA, DAMARA ?
ELLE NE PIGUE, HIPS, PAS LES MECS DE SES AMIES, DAMARA !
ELLE... HIC ! AURAIT BIEN DU MAL, D'AILLEURS !
T,T,T,T,T ! CE N'EST PAS EN TE METTANT DANS UN ÉTAT PAREIL QUE TU VAS EMBALLER UN MEC, MA PAUVRE TAM'...
GUAND JE VEUX GUE JEM HIPS ! BALLE UN MEC !
ET JE LE BROUVE ! HEB ! DOI ! LE BEAU BEDIT CUL, LÀ !
ROVSMORGLSMUTCH !
À LA BONNE HEURE ! ÇA ME FAIT PLAISIR QUE TU PROFITES ENFIN DE MA PETITE FÊTE !
260
SI, SI... AVEC WAGNER ! IL LES LUI FAUT DONC TOUS !
JE... JE LA TRAÎNERAI EN JUSTICE POUR HARCÈLEMENT SEXUEL !
MAINTENANT, JE SAIS CE QUE ÇA FAIT, D'ÊTRE " PEOPLE " !

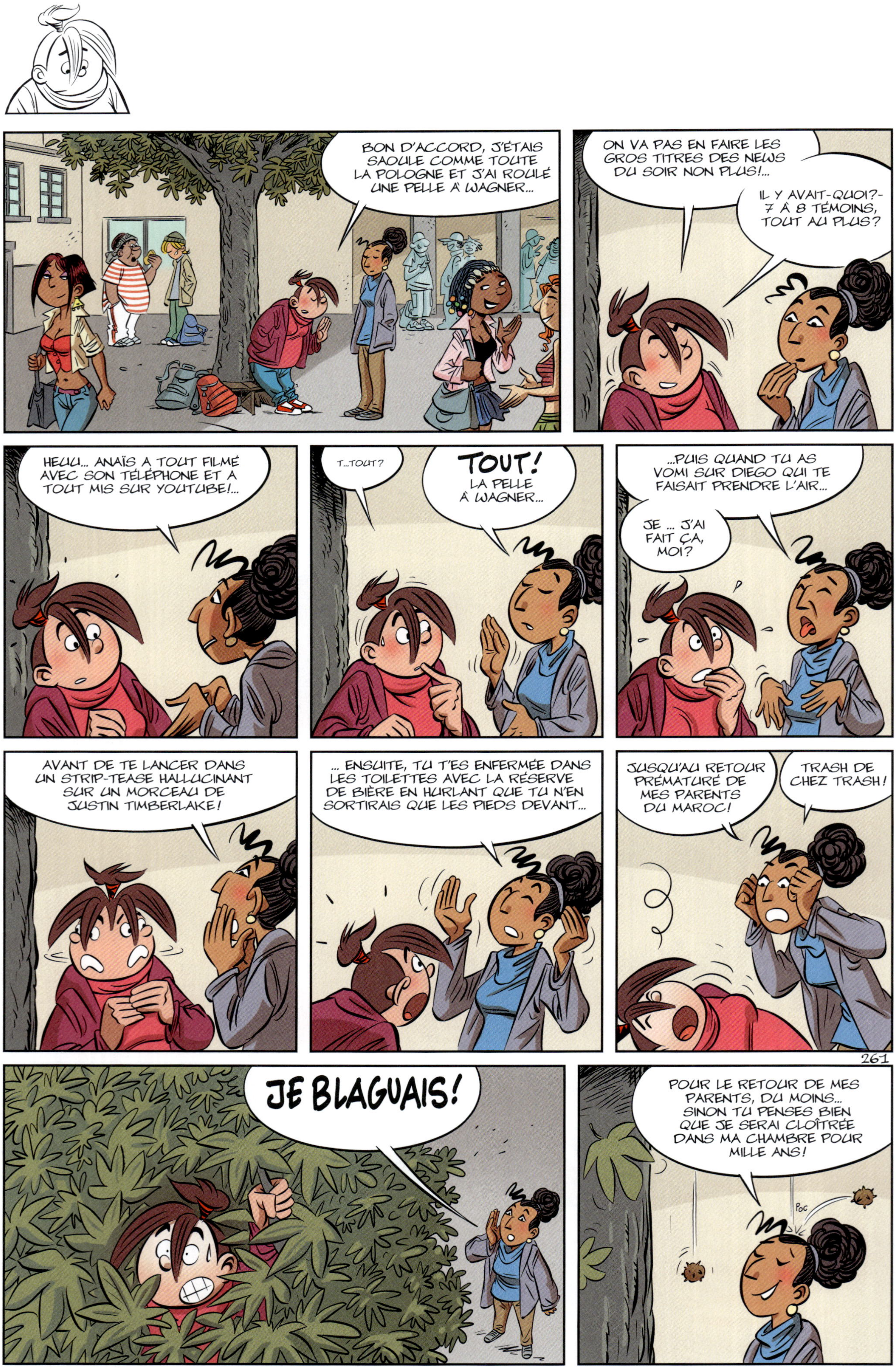
BON D'ACCORD, J'ÉTAIS SAOULE COMME TOUTE LA POLOGNE ET J'AI ROULÉ UNE PELLE À WAGNER...
ON VA PAS EN FAIRE LES GROS TITRES DES NEWS DU SOIR NON PLUS!...
IL Y AVAIT-QUOI?- 7 À 8 TÉMOINS, TOUT AU PLUS?
HEUU... ANAÏS A TOUT FILMÉ AVEC SON TÉLÉPHONE ET A TOUT MIS SUR YOUTUBE!...
T...TOUT?
TOUT! LA PELLE À WAGNER...
...PUIS QUAND TU AS VOMI SUR DIEGO QUI TE FAISAIT PRENDRE L'AIR...
JE ... J'AI FAIT ÇA, MOI?
AVANT DE TE LANCER DANS UN STRIP-TEASE HALLUCINANT SUR UN MORCEAU DE JUSTIN TIMBERLAKE!
... ENSUITE, TU T'ES ENFERMÉE DANS LES TOILETTES AVEC LA RÉSERVE DE BIÈRE EN HURLANT QUE TU N'EN SORTIRAIS QUE LES PIEDS DEVANT...
JUSQU'AU RETOUR PRÉMATURÉ DE MES PARENTS DU MAROC!
TRASH DE CHEZ TRASH!
261
JE BLAGUAIS!
POUR LE RETOUR DE MES PARENTS, DU MOINS... SINON TU PENSES BIEN QUE JE SERAI CLOÎTRÉE DANS MA CHAMBRE POUR MILLE ANS!
POC

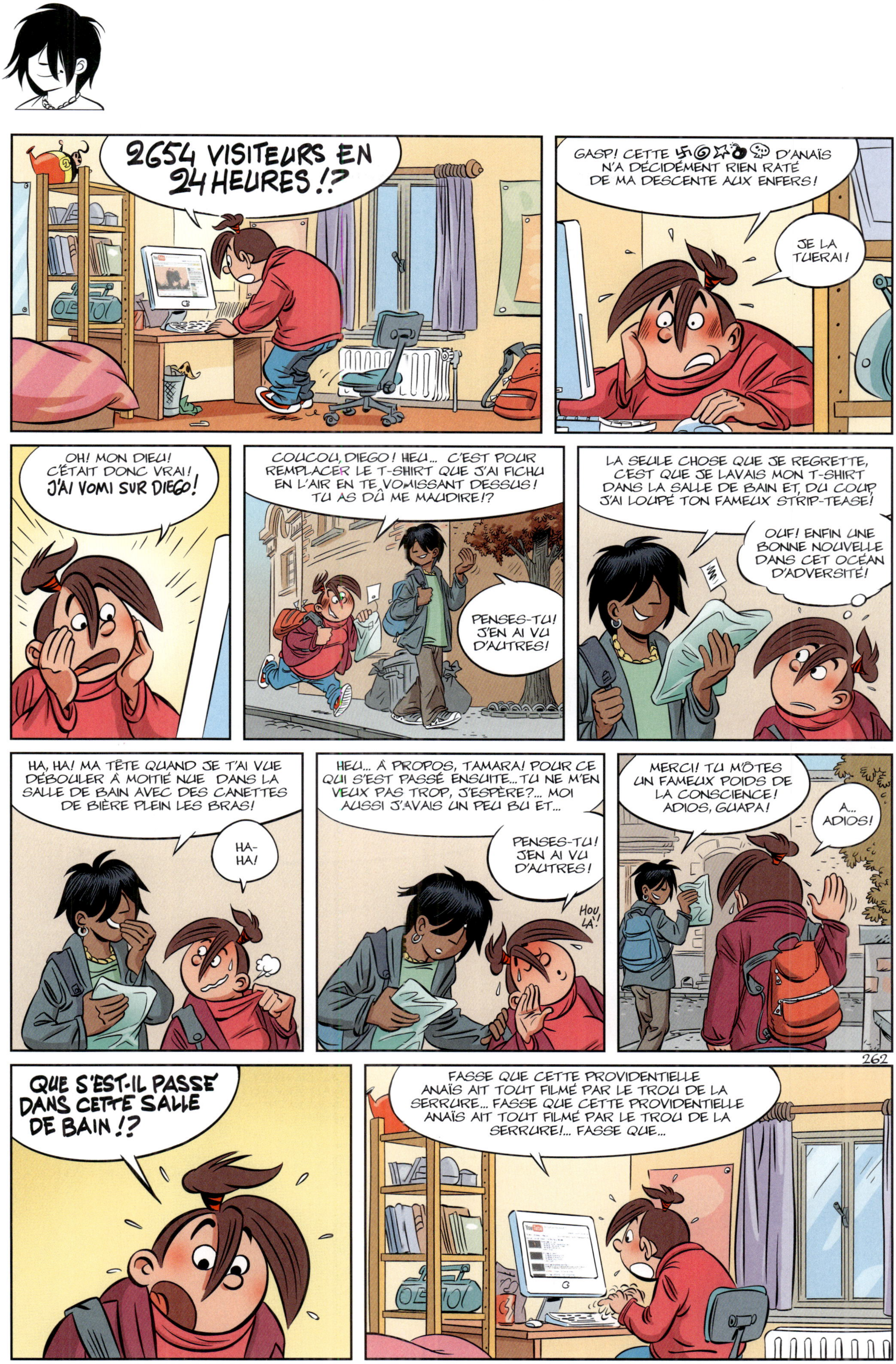

2654 VISITEURS EN 24 HEURES !?
GASP! CETTE ✱✱✱ D'ANAÏS N'A DÉCIDÉMENT RIEN RATÉ DE MA DESCENTE AUX ENFERS!
JE LA TUERAI!
OH! MON DIEU! C'ÉTAIT DONC VRAI! J'AI VOMI SUR DIEGO!
COUCOU, DIEGO! HEU... C'EST POUR REMPLACER LE T-SHIRT QUE J'AI FICHU EN L'AIR EN TE VOMISSANT DESSUS! TU AS DÛ ME MAUDIRE!?
PENSES-TU! J'EN AI VU D'AUTRES!
LA SEULE CHOSE QUE JE REGRETTE, C'EST QUE JE LAVAIS MON T-SHIRT DANS LA SALLE DE BAIN ET, DU COUP, J'AI LOUPÉ TON FAMEUX STRIP-TEASE!
OUF! ENFIN UNE BONNE NOUVELLE DANS CET OCÉAN D'ADVERSITÉ!
HA, HA! MA TÊTE QUAND JE T'AI VUE DÉBOULER À MOITIÉ NUE DANS LA SALLE DE BAIN AVEC DES CANETTES DE BIÈRE PLEIN LES BRAS!
HA-HA!
HEU... À PROPOS, TAMARA! POUR CE QUI S'EST PASSÉ ENSUITE... TU NE M'EN VEUX PAS TROP, J'ESPÈRE?... MOI AUSSI J'AVAIS UN PEU BU ET...
PENSES-TU! J'EN AI VU D'AUTRES!
HOU, LÀ!
MERCI! TU M'ÔTES UN FAMEUX POIDS DE LA CONSCIENCE! ADIOS, GUAPA!
A... ADIOS!
262
QUE S'EST-IL PASSÉ DANS CETTE SALLE DE BAIN !?
FASSE QUE CETTE PROVIDENTIELLE ANAÏS AIT TOUT FILMÉ PAR LE TROU DE LA SERRURE... FASSE QUE CETTE PROVIDENTIELLE ANAÏS AIT TOUT FILMÉ PAR LE TROU DE LA SERRURE!... FASSE QUE...

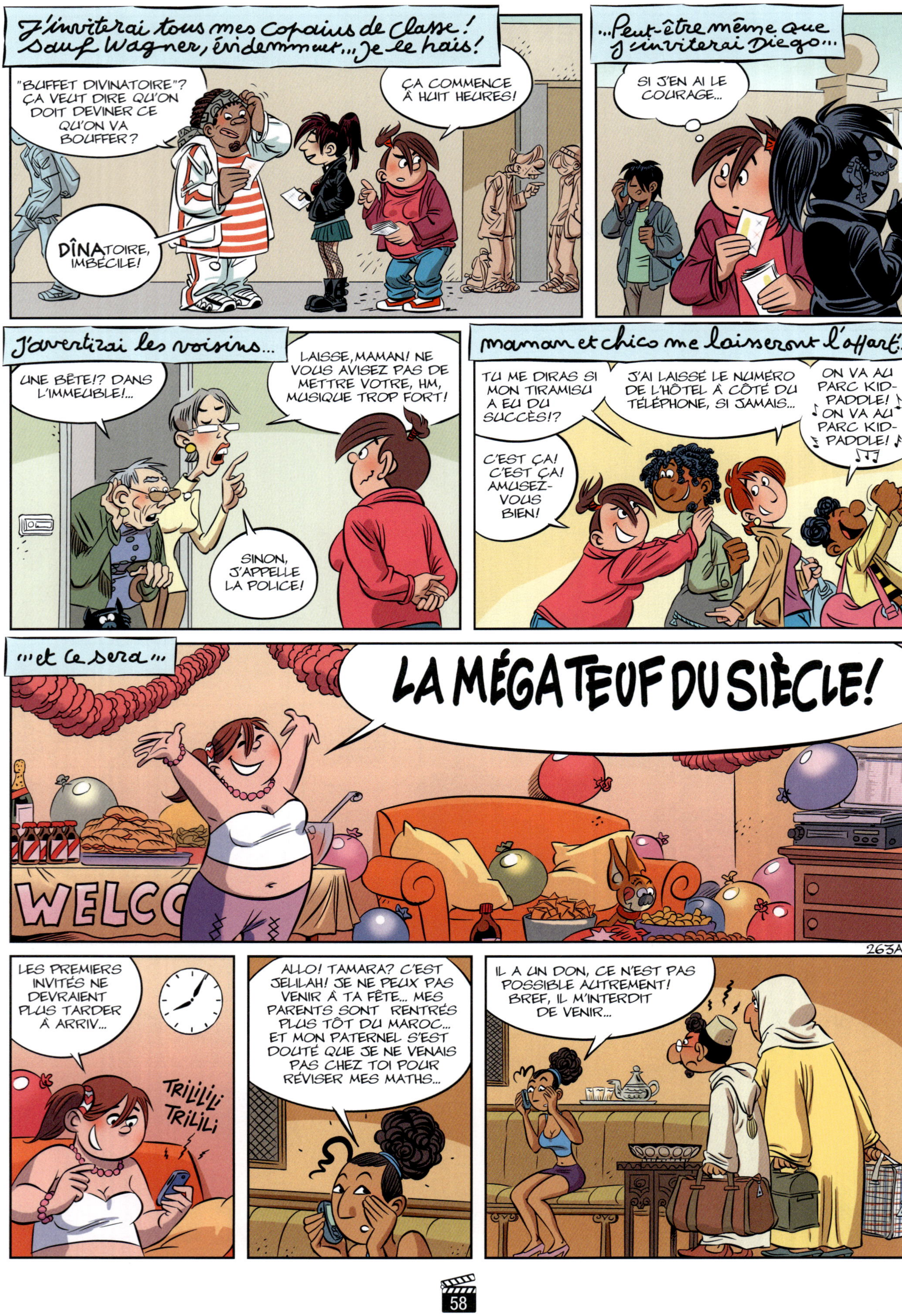
J'inviterai tous mes copains de classe! Sauf Wagner, évidemment... Je le hais!
"BUFFET DIVINATOIRE"? ÇA VEUT DIRE QU'ON DOIT DEVINER CE QU'ON VA BOUFFER?
DÎNATOIRE, IMBÉCILE!
ÇA COMMENCE À HUIT HEURES!
...Peut-être même que j'inviterai Diego...
SI J'EN AI LE COURAGE...
J'avertirai les voisins...
UNE BÊTE!? DANS L'IMMEUBLE!...
LAISSE, MAMAN! NE VOUS AVISEZ PAS DE METTRE VOTRE, HM, MUSIQUE TROP FORT!
SINON, J'APPELLE LA POLICE!
Maman et Chico me laisseront l'appart'...
TU ME DIRAS SI MON TIRAMISU A EU DU SUCCÈS!?
J'AI LAISSÉ LE NUMÉRO DE L'HÔTEL À CÔTÉ DU TÉLÉPHONE, SI JAMAIS...
ON VA AU PARC KID-PADDLE! ON VA AU PARC KID-PADDLE!
C'EST ÇA! C'EST ÇA! AMUSEZ-VOUS BIEN!
...et ce sera...
LA MÉGATEUF DU SIÈCLE!
WELCO
263A
LES PREMIERS INVITÉS NE DEVRAIENT PLUS TARDER À ARRIV...
TRILILILI TRILILI
ALLO! TAMARA? C'EST JELILAH! JE NE PEUX PAS VENIR À TA FÊTE... MES PARENTS SONT RENTRÉS PLUS TÔT DU MAROC... ET MON PATERNEL S'EST DOUTÉ QUE JE NE VENAIS PAS CHEZ TOI POUR RÉVISER MES MATHS...
IL A UN DON, CE N'EST PAS POSSIBLE AUTREMENT! BREF, IL M'INTERDIT DE VENIR...

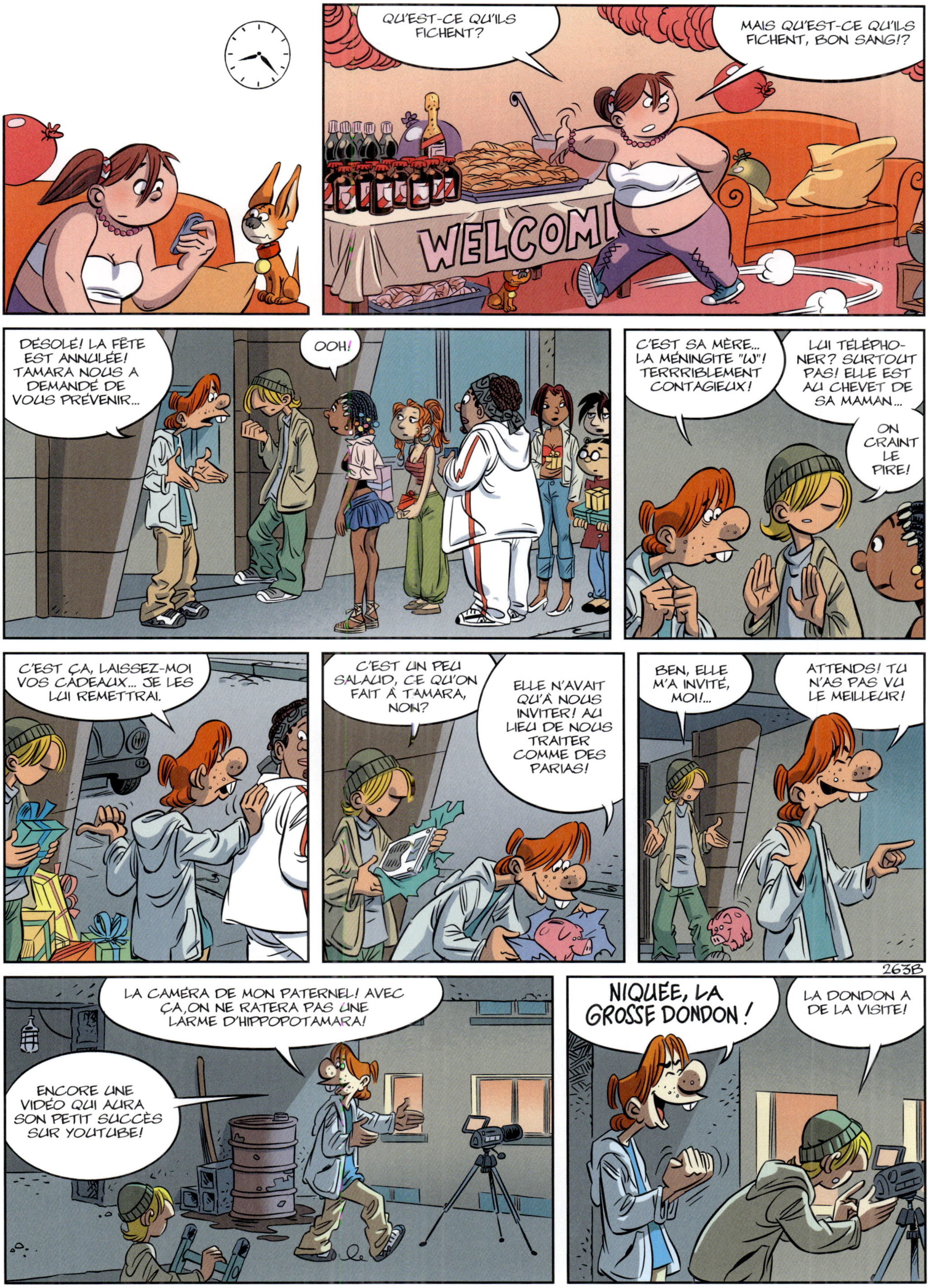
QU'EST-CE QU'ILS FICHENT?
MAIS QU'EST-CE QU'ILS FICHENT, BON SANG!?
WELCOM
DÉSOLÉ! LA FÊTE EST ANNULÉE! TAMARA NOUS A DEMANDÉ DE VOUS PRÉVENIR...
OOH!
C'EST SA MÈRE... LA MÉNINGITE "W"! TERRIBLEMENT CONTAGIEUX!
LUI TÉLÉPHONER? SURTOUT PAS! ELLE EST AU CHEVET DE SA MAMAN...
ON CRAINT LE PIRE!
C'EST ÇA, LAISSEZ-MOI VOS CADEAUX... JE LES LUI REMETTRAI.
C'EST UN PEU SALAUD, CE QU'ON FAIT À TAMARA, NON?
ELLE N'AVAIT QU'À NOUS INVITER! AU LIEU DE NOUS TRAITER COMME DES PARIAS!
BEN, ELLE M'A INVITÉ, MOI!...
ATTENDS! TU N'AS PAS VU LE MEILLEUR!
263B
LA CAMÉRA DE MON PATERNEL! AVEC ÇA, ON NE RATERA PAS UNE LARME D'HIPPOPOTAMARA!
ENCORE UNE VIDÉO QUI AURA SON PETIT SUCCÈS SUR YOUTUBE!
NIQUÉE, LA GROSSE DONDON !
LA DONDON A DE LA VISITE!

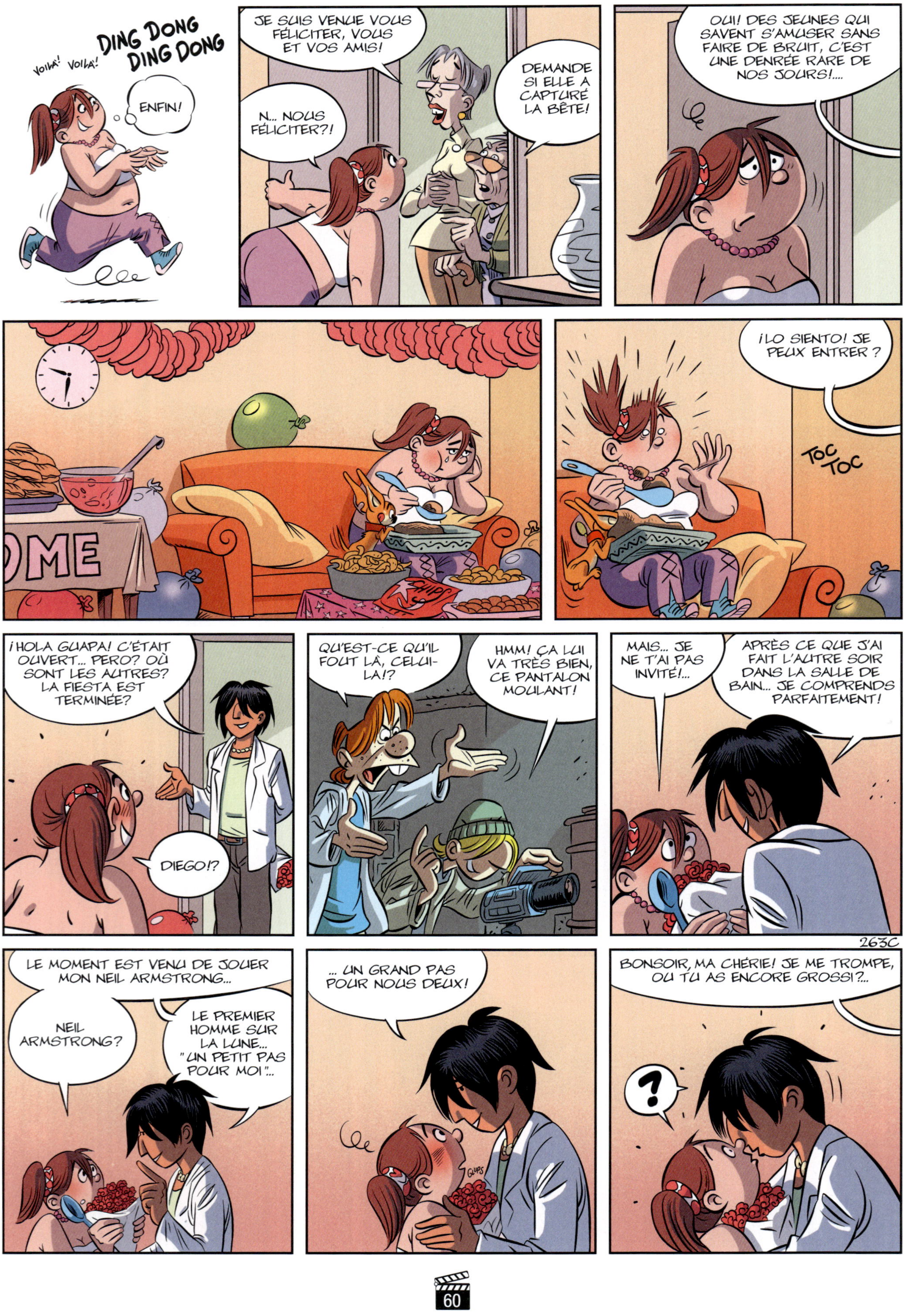
VOILÀ! VOILÀ!
DING DONG DING DONG
ENFIN!
JE SUIS VENUE VOUS FÉLICITER, VOUS ET VOS AMIS!
N... NOUS FÉLICITER?!
DEMANDE SI ELLE A CAPTURÉ LA BÊTE!
OUI! DES JEUNES QUI SAVENT S'AMUSER SANS FAIRE DE BRUIT, C'EST UNE DENRÉE RARE DE NOS JOURS!...
ME
¡LO SIENTO! JE PEUX ENTRER ?
TOC TOC
¡HOLA GUAPA! C'ÉTAIT OUVERT... PERO? OÙ SONT LES AUTRES? LA FIESTA EST TERMINÉE?
DIEGO!?
QU'EST-CE QU'IL FOUT LÀ, CELUI-LÀ!?
HMM! ÇA LUI VA TRÈS BIEN, CE PANTALON MOULANT!
MAIS... JE NE T'AI PAS INVITÉ!...
APRÈS CE QUE J'AI FAIT L'AUTRE SOIR DANS LA SALLE DE BAIN... JE COMPRENDS PARFAITEMENT!
LE MOMENT EST VENU DE JOUER MON NEIL ARMSTRONG...
NEIL ARMSTRONG?
LE PREMIER HOMME SUR LA LUNE... "UN PETIT PAS POUR MOI"...
... UN GRAND PAS POUR NOUS DEUX!
BONSOIR, MA CHÉRIE! JE ME TROMPE, OU TU AS ENCORE GROSSI?...
?

PAPA!?
?
TA MÈRE ET SON ANIMAL EXOTIQUE NE SONT PAS LÀ?
JE DEVAIS CHANTER À L'OPÉRA CE SOIR LES "LIEDER POUR MON PETIT CHIEN POUPI ÉCRASÉ PAR UN MÉCHANT CAMION", UNE OEUVRE DE JEUNESSE DE SERGUEÏ STOCKENSTRUMFSKY - POIGNANT- MAIS...
HO! ÇA ALORS! UNE FÊTE SURPRISE EN MON HONNEUR?! JE SUIS TOUCHÉ, VRAIMENT!
COMMENT DIABLE AS-TU APPRIS QUE MON RÉCITAL A ÉTÉ ANNULÉ À CAUSE DE LA GRÈVE DES INTERMITTENTS DU SPECTACLE?...
ON VA PASSER UNE CHOUETTE SOIRÉE À NOUS DEUX! JE TE CHANTERAI DU STOCKEN-STRUMFSKY, TU ME...
C'EST QUE, PAPA ... JE NE SUIS PAS SEULE...
JE TE PRÉSENTE DIEGO
DIEGO, MON PÈRE!
¡ENCANTADO, SEÑOR! TAMARA M'A BEAUCOUP PARLÉ DE VOUS!
"DIEGO" AS-TU DIT?
CELA ME FAIT PENSER QUE JE DOIS RÉPÉTER LES "LIEDER POUR LES 387 ORPHELINS DE GUERNICA" DE SERGUEÏ STOCKENSTRUMFSKY QUE J'ENREGISTRE MARDI À SYDNEY...
POIGNANT.
263D
HEU... À PROPOS, FIFILLE...
... OUBLIE CE QUE JE T'AI DIT L'AUTRE JOUR AU TÉLÉPHONE...
LE BONHEUR AUSSI, ENGENDRE DES OEUVRES MAGNIFIQUES!

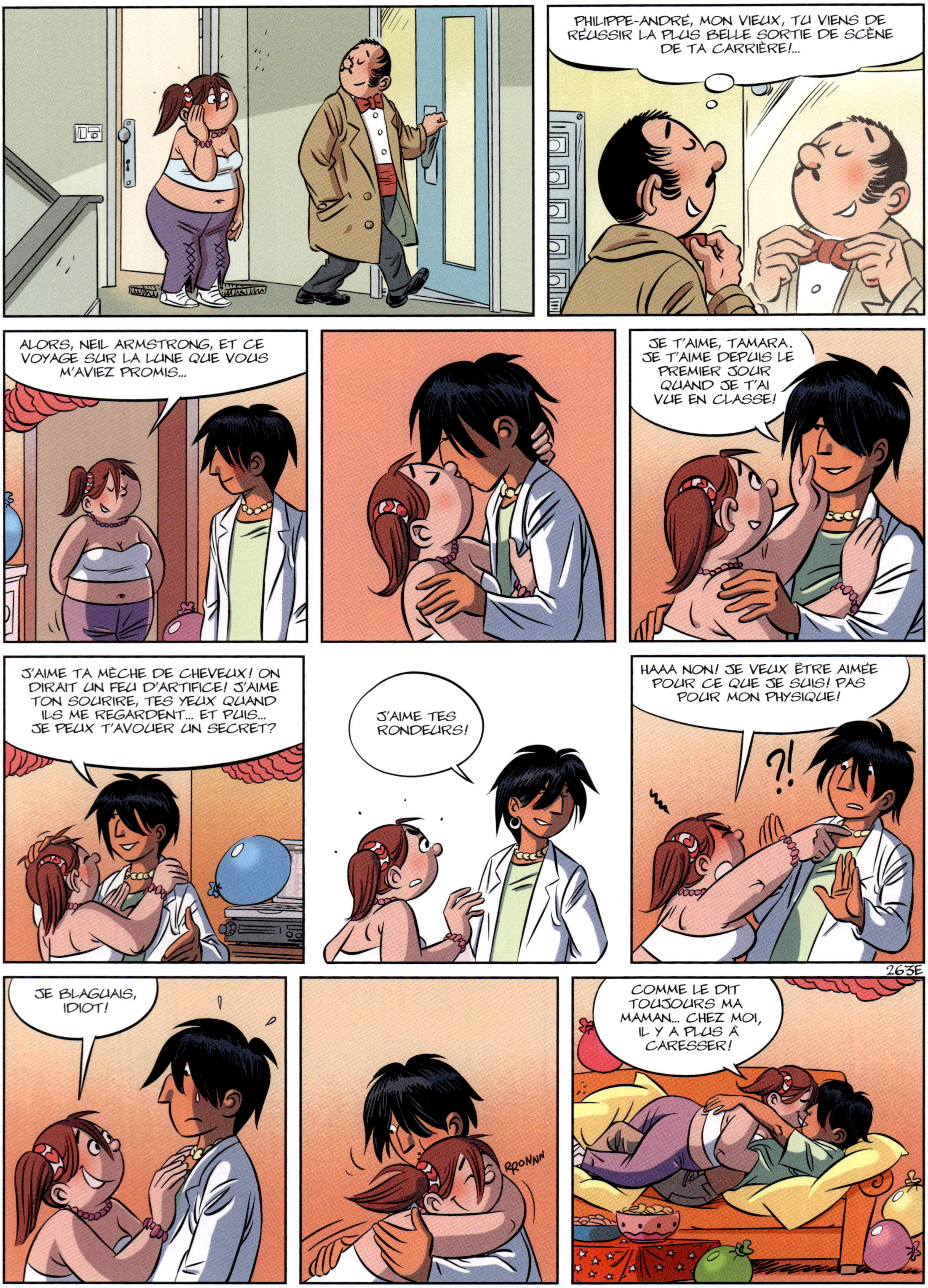
PHILIPPE-ANDRÉ, MON VIEUX, TU VIENS DE RÉUSSIR LA PLUS BELLE SORTIE DE SCÈNE DE TA CARRIÈRE!...
ALORS, NEIL ARMSTRONG, ET CE VOYAGE SUR LA LUNE QUE VOUS M'AVIEZ PROMIS...
JE T'AIME, TAMARA. JE T'AIME DEPUIS LE PREMIER JOUR QUAND JE T'AI VUE EN CLASSE!
J'AIME TA MÈCHE DE CHEVEUX! ON DIRAIT UN FEU D'ARTIFICE! J'AIME TON SOURIRE, TES YEUX QUAND ILS ME REGARDENT... ET PUIS... JE PEUX T'AVOUER UN SECRET?
J'AIME TES RONDEURS!
HAAA NON! JE VEUX ÊTRE AIMÉE POUR CE QUE JE SUIS! PAS POUR MON PHYSIQUE!
?!
263E
JE BLAGUAIS, IDIOT!
RRONNN
COMME LE DIT TOUJOURS MA MAMAN... CHEZ MOI, IL Y A PLUS À CARESSER!

C'EST SÛR... CETTE VIDÉO AURA SON PETIT SUCCÈS SUR YOUTUBE !
N... NIQUÉE, LA GROSSE DONDON !...
VIENS !
DON'T DISTURB
PROPRIÉTÉ PRIVÉE
ON NE PASSE PAS
CHAMBRE DE TAMARA
COMPLET
MAIS, TAMARA... TU ES BIEN SÛRE QUE...
JE SUIS SÛRE QUE !
263F
KLIK
L'AMOUR PAR LES PRÉNOMS
SOPHIE
MARC
vous vous appelez wagner ? votre prénom idéal est : tamara.

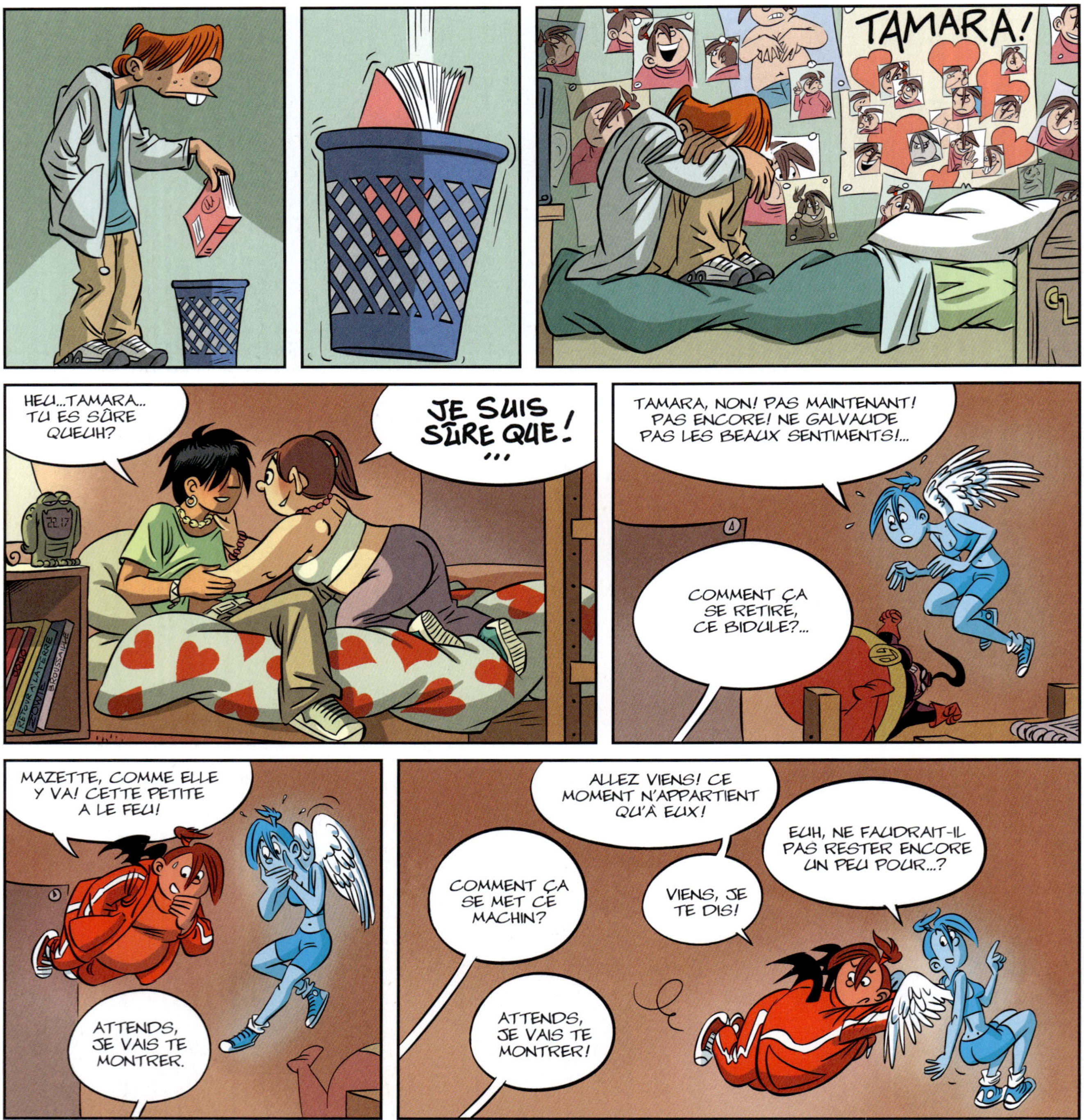

ET CE FUT... LA MÉGATEUF DU SIÈCLE!

ZIDROU
BOSSE DARASSE

COULEURS BENOÎT BEKAERT

...ET MERCI À CLARA BOURGIN!

tamara 1
COMBIEN?!